Le bug de l'éléphant

Christophe PLISSON

Le bug de l'éléphant

Roman

Édition : BoD – Books on Demand,
12/14 rond-point des Champs-Élysées, 75008 Paris
Impression : BoD - Books on Demand,
Norderstedt, Allemagne

ISBN : 978-2-3224-0227-4
Dépôt légal : Novembre 2021

Pour tous ceux qui m'ont donné envie d'écrire

et ceux qui gardent espoir

Chapitre 1 : Robert

Robert a cent vingt quatre ans aujourd'hui mais il ne fêtera pas son anniversaire. Pas ici. C'est interdit.

Il est né dans l'ancien monde. Avant que tout ne change.

Il a connu l'école, les copains, les boums, les amis, l'amour, le travail, le chômage, les voitures à essence et diesel, la télé en noir et blanc, puis en couleur, le téléphone fixe, le minitel, le téléphone portable et tant d'autres choses qui n'existent plus.

Robert a bien été obligé de s'adapter au nouveau monde, mais il l'a fait à contrecoeur. Il est nostalgique de ce passé révolu.

Il l'a bien vu arriver ce grand changement mais il n'a rien pu faire d'autre que de s'y adapter, comme il a pu.

Robert se souvient très bien du jour de ses cinquante ans. C'était son dernier anniversaire officiel.

Depuis quelques mois, les médias tournaient en boucle sur un seul sujet : la grande épidémie. Tout était ramené à des chiffres. Les morts devenaient des nombres. Les difficultés que rencontraient les personnes devenaient des milliards.

Robert n'était pas dupe. Il avait gradé son esprit critique. Il savait bien que, contrairement aux mots, les nombres ne parlent pas. Il avait bien compris que les dirigeants inondaient les cerveaux de ces chiffres pour instaurer un climat de peur et manipuler le peuple, profitant d'une épidémie bien réelle mais bien moins dangereuse que ce qu'ils annonçaient.

Il y avait bien eu quelques récalcitrants, quelques lanceurs d'alerte, dont Robert se sentait très proche par la pensée. Certains avaient même manifesté dans les rues, mais entre la propagande, qui les faisait passer pour des fous complotistes, et la répression par la violence, le mouvement avait perdu l'adhésion du peuple et les dirigeants avaient pu imposer leurs règles.

Robert se rappelle très bien de son cinquantième anniversaire. Ce jour là, il avait enfreint la loi. Malgré l'interdiction de se rassembler à plus de six, il avait réuni une vingtaine d'amis chez lui, autour de quelques bonnes bouteilles et d'un magnifique gâteau à la crème. Faisant fi de l'obligation de porter un masque en toutes circonstances, ils avaient vécu une après-midi à visage découvert. Oubliant l'obligation de garder une distance de deux mètres entre chaque personne, ils s'étaient enlacés et embrassés dans une joie intense.

Aujourd'hui, Robert sourit en se remémorant ce dernier instant de liberté.

Il avait bien fait d'en profiter. Dès le lendemain, et les jours suivants, les règles avaient été durcies.

Au motif de protéger les plus fragiles, on avait instauré des périodes d'enfermement strictes. Puis le peuple en avait eu assez et on lui avait proposé un nouveau médicament miracle, à se faire injecter pour être autorisé à garder un semblant de liberté. Bien que ce traitement n'ait pas été suffisamment testé et que personne ne connaissait sa composition ni ses effets secondaires, le peuple avait majoritairement adhéré à cette proposition.

Il restait malgré tout quelques réfractaires à ce traitement. On avait donc instauré un fichage, puis un traçage, des personnes ayant reçu le traitement.

Robert, lui, avait refusé de recevoir cette injection. Il savait bien qu'il ne pourrait plus vivre comme avant mais il était conscient que son bien le plus précieux était sa santé.

Rapidement, suite à ces injections, il avait vu mourir des personnes. Jamais le lien n'était établi entre le traitement et les décès mais Robert, lui, savait bien qu'il y avait un lien de causalité et cela le confortait dans sa décision.

Plus tard, il avait vu apparaître de nouvelles maladies. Cette fois encore, aucun rapprochement n'était fait avec les injections. En revanche, les mêmes laboratoires, qui avaient fait des bénéfices records en vendant le traitement initial, s'enrichissaient encore en créant des traitements toujours plus nombreux, toujours plus innovants et toujours plus chers, pour soigner les nouvelles maladies. Robert avait vu tout cela et il était content d'avoir résisté.

Sa plus grosse difficulté arriva lorsque les gouvernants mirent en place le passeport biométrique informatisé, un document virtuel personnel regroupant toutes les informations de chaque personne. Il était devenu nécessaire pour tout et les contrôles étaient nombreux. Mis à part l'état civil, il contenait, entre autres, les renseignements concernant les traitements dont la fameuse injection. Celui qui n'avait pas reçu le traitement n'avais pas son passeport biométrique et était, par conséquent, considéré comme un paria dangereux pour la société.

À cette époque, Robert avait vu de nombreux réfractaires s'éloigner de la société et vivre en marge dans des lieux alternatifs. Lui n'avait pas voulu faire cette démarche et il avait eu une chance inimaginable.

Les dirigeants avaient demandé à une société privée de créer une application informatique pour gérer au départ des passeports sanitaires, puis pour les transformer ensuite en passeports biométriques, en vue d'un contrôle total de la population et de ses droits. Cette entreprise avaient reçu des subventions à la hauteur des attentes des dirigeants.

Robert avait travaillé quelques temps dans l'informatique et il savait très bien que les développeurs laissent parfois des bugs, mineurs, pour justifier de contrats de maintenance dont le coût est souvent plus rentable que la création initiale. Il savait également que si le logiciel plantait, il existait un forte probabilité pour que cela ouvre une porte imprévue sur le serveur où était hébergé le logiciel qui permettait de manipuler les fichiers. Certains auraient récupéré les données pour dénoncer les faiblesses du système, d'autres auraient tenté de les revendre au marché noir, d'autre encore les auraient détruites, juste pour freiner le déploiement de l'application. Robert, lui, s'était transformé en pirate intelligent. Il avait cherché pendant des jours et des nuits comment faire planter le logiciel. C'était risqué. Ses tentatives d'intrusions auraient pu être repérées et il aurait pu être emprisonné, mais il était rusé, il n'utilisait jamais ses vraies coordonnées, ni son mail, ni ses mots de passe habituels, ni ses codes individuels et il masquait son identité virtuelle jusqu'à trafiquer l'adresse de son ordinateur. Il était content d'avoir écouté son père et d'avoir étudié l'informatique. Heure après heure, il avait essayé une multitude de mots-clés informatiques, de combinaisons de touches toutes plus loufoques les unes que les autres et un beau jour, Robert avait ressenti un grand frisson dans sa colonne vertébrale. L'ordinateur venait d'afficher "erreur fatale" suivi de deux cases à remplir, l'une intitulée "utilisateur" et l'autre "mot de passe".

Robert s'en souvient encore. Il s'était levé de sa chaise, s'était étiré faisant craquer au passage une ou deux vertèbres, puis s'était dirigé vers le bar de son salon pour se servir un grand verre de whisky. Il était revenu s'asseoir sur son fauteuil de bureau, son verre à la main, pour contempler le début de son oeuvre. Il avait regardé les cases à remplir, levé son verre et bu une grande gorgée qui lui avait brûlé la gorge.

Il le savait, il n'aurait droit qu'à un seul essai. Il devait trouver les codes du premier coup. Il avait pris donc le temps de réfléchir élaborant mille et un scenarios et s'était mis dans la peau du créateur du logiciel. Plus il réfléchissait, plus il se mélangeait dans ses suppositions. Plusieurs fois l'ordinateur s'était mis en veille, provoquant chez Robert la peur que la porte se soit refermée mais lorsqu'il rallumait la machine, les petites cases à remplir réapparaissaient et attendaient qu'il saisisse les mots magiques.

Les heures avaient passé. Les verres s'étaient enchaînés. L'esprit s'était embrumé. La peur s'était estompée. Il n'avait aucune chance de trouver du premier coup les codes secrets. Perdu pour perdu il avait décidé de revenir aux bases de ce qu'il avait appris et d'utiliser les codes standards de tout administrateur débutant. La possibilité que cela fonctionne était minime mais il savait que plus les développeurs travaillent sur des projets grandioses moins ils pensent aux choses simples. Il avait donc saisi "admin" dans la case "utilisateur". Il lui restait le mot de passe. Il avait tapé successivement les lettres "a", "d", "m", "i" et "n". Il n'avait plus qu'à appuyer sur la grosse touche entrée. Il avait hésité un instant, positionné doucement son index sur cette touche, fermé les yeux, prié et appuyé. L'ordinateur avait émis trois notes puis plus rien. Robert avait rouvert les yeux. L'écran affichait "bienvenue admin" suivi du signe supérieur qu'il connaissait bien. Il était entré dans le système. Victoire !

La suite avait été simple pour Robert qui connaissait bien le langage informatique. Il avait recherché et trouvé le fichier des citoyens, étudié son contenu, créé une fiche à son nom et rempli les quelques champs qui lui semblaient importants. Il était devenu le citoyen X6504041.

Il avait ensuite éteint son ordinateur et avait vécu, jusqu'à ce jour, dans la crainte que l'on découvre sa supercherie.

Aujourd'hui Robert avait cent vingt quatre ans et personne n'avait jamais rien découvert. Robert était officiellement, depuis un demi-siècle, le citoyen X6504041.

Chapitre 2 : le monde sous contrôle

Au quatorzième étage du bloc V4R9-145, dans le box AP75 attribué au citoyen X6504041, une voix métallique et impersonnelle répète en boucle :

"Citoyen X6504041, il est six heure quinze. Veuillez vous réveiller et vous préparer. Votre collaboration active à notre belle société est attendue dans quinze minutes. Désinfection du box en préparation."

Robert est réveillé depuis déjà pas mal de temps mais il apprécie de prendre son temps à traîner au lit. De toute façon que ferait-il debout ? Sa combinaisons étanche a déjà été préparée, tout comme son petit-déjeuner et son casse-croûte du déjeuner.

Au fil des ans, il s'est créé un accès officiel au fichier central des citoyens et a modifié sa fiche à maintes reprises. Il s'est affecté le statut de résident non mobilisable, pour ne pas être déporté tous les trois ans dans un nouveau lieu comme la plupart de ses semblables, il s'est affecté des robots de service qui effectuent toutes les tâches quotidiennes à sa place, il s'est créé un travail fictif de prestataire d'état de services en maintenance robotique, lui permettant d'accéder à la majorité des quartiers de la ville. Il mène globalement une assez belle vie.

À six heures vingt, alors que la voix métallique recommence à seriner son laïus, le citoyen X6504041 lui coupe la parole.

"Ok ! Je suis levé."

Le ton change et la voix se modifie pour devenir celle d'une femme très agréable.

"Bonjour citoyen X6504041. Nous somme le Mercredi..."

Robert ne la laisse pas continuer et la coupe d'un "Ok" bien affirmé.

Après s'être habillé avec ses vieux habits d'autrefois, il prend machinalement les deux gélules qui trône sur la table et les fourre dans la poche de son pantalon.

"Petit déjeuner Ok" clame-t'il.

Puis il enfile sa combinaison étanche bleu pâle, modèle PR12, sur laquelle est brodé son QR code d'authentification. Il s'approche de la porte du box qui s'ouvre automatiquement.

"Bonne journée citoyen X6504041", lui lance la voix de son appartement.

Le couloir est vide, comme chaque jour. Robert se dirige vers l'ascenseur qui s'ouvre à son approche. Il entre et les portes se referment instantanément. Quelques secondes plus tard, elles s'ouvrent sur le hall du bloc et Robert se dirige vers le sas de sortie. Un rayon vert le scanne et une voix, masculine cette fois, le salue.

"Bonjour citoyen X6504041, veuillez connecter votre respirateur sur l'analyseur."

Robert s'exécute et connecte un petit tuyau disponible au mur du sas sur son respirateur.

La voie poursuit.

"ADN vérifié"

Robert se dit qu'il est bien content d'avoir accès aux fichiers centraux.

"Présence de virus : nulle
Saturation en oxygène 98%
Pouls 95
Tension artérielle 13/8
Aucune anomalie sanguine."

Robert est satisfait d'être en bonne santé.

La voix conclue par un "Bonne journée citoyen X6504041", puis la porte du sas se déverrouille et s'ouvre.

Robert prend une grande respiration, retient son souffle et sort dans la rue.

Une brume rosâtre inonde la ville. C'est un mélange de désinfectant généraliste, qui nettoie autant les rues que les poumons des citoyens, et d'une drogue censée apporter à ceux-ci une forme de bien-être. Robert le sait, ceux qui la respirent perdent toute volonté et toute faculté de réflexion. Il ne leur reste que cette "*fabuleuse envie de participer activement au fonctionnement de cette belle société*".

Robert en a respiré une fois. Il se rappelle avoir eu l'impression de planer comme autrefois quand il avait fumé du canabis. Depuis, il évite. C'est pour cela qu'il prend cette grande respiration avant de sortir et qu'il passe de bloc en bloc en suivant un chemin très précis qu'il a élaboré pour ne pas être contaminé par ce mélange sournois.

Il doit passer du bloc V4R9-145 au V4R9-140, puis au V4R9-120, au V4R8-300, au V4R8-212, il lui faut ensuite faire un gros effort pour atteindre le V4R7-704, un peu plus éloigné que les précédents, puis il atteint enfin le V4R7-007.

À chaque étape il entre, expire, respire, inspire et bloque son souffle jusqu'au prochain bloc. C'est le seul moyen qu'il a trouvé pour ne pas inhaler la brume.

Aujourd'hui, c'est peut-être la dernière fois qu'il fait cela. Il l'espère. Il le croit. Il le veut.

Robert n'aime pas parcourir ce chemin. Il a beau savoir qu'il a modifié les fichiers centraux, il ne sait jamais s'il n'y a pas eu une mise à jour qui le mettrait en danger. Les caméras sont partout. Elle scannent en permanence toute forme de vie dans les rues. Il suffirait qu'un accès lui ait été retiré depuis la veille pour qu'il soit repéré, analysé et que sa supercherie soit mise à jour. Il serait alors immédiatement arrêté, emprisonné, jugé sur le champs pour mise en danger de la vie d'autrui et certainement exécuté.

Pendant ce trajet, il croise d'autres citoyens. À chaque rencontre, une voix, toujours la même, résonne dans son casque. "Bonjour citoyen X6504041, bonne journée". C'est lassant ! Lassant et impersonnel.

Robert est incapable de dire s'il vient de croiser un homme ou une femme.

Autrefois les femmes étaient l'objet d'inégalités. Robert s'en souvient. Elles ont combattu pour obtenir les mêmes droits que les hommes. Un peu plus tard, elles ont fait l'objet de harcèlement et de violences. La société a essayé sans succès de remédier à ce problème. Après la grande épidémie, lorsqu'il a fallu revêtir les combinaison, le gouvernement, toujours dirigé par un homme, a conservé une distinction bien visible. Au départ, la couleur de la tenue était bleue foncée pour les hommes et rose pour les femmes. Face à de nouvelles formes de harcèlement et de violences, le gouvernement a alors décrété que toutes les tenues seraient bleues pâles et arboreraient un simple logo représentant une terre rose entourée d'humains bleus se tenant par la main mais rien n'y a fait. Désormais, seule la première lettre du matricule permet de distinguer un homme d'une femme, "X" pour les hommes et "Y" pour les femmes, mais comme il est représenté par un QR Code sur la combinaison et qu'il est strictement interdit d'utiliser tout appareil permettant de le lire, les problèmes ont disparu. Les relations humaines aussi.

Robert marche vite. Il doit optimiser ses temps de déplacement pour gérer sa respiration. Tous ses congénères marchent vite aussi mais pour d'autres raisons. Les déplacements sont considérés comme du temps perdu pour la collaboration active de chacun dans la belle société. Pour éviter ces pertes de temps, plusieurs lois ont été édictées pour interdire les lieux de regroupement public tels que les lieux de consommation de boissons ou de nourriture, les lieux de loisirs et de culture. De toute façon la culture a disparu et les citoyens n'ont plus besoin de plaisirs puisqu'il a été remplacé par les effets de la brume rose.

Par ailleurs, il a été décidé de guider les citoyens via une application GPS intégrée à leur combinaison afin de toujours leur faire prendre le plus court chemin pour aller d'un point A à un point B, en général de leur box à leur lieu de travail.

Robert, lui, a bien de la chance de ne pas être soumis à ces contraintes grâce à son faux travail. A cent vingt quatre ans, et après tout ce qu'il a vécu, il en a marre de cette société impersonnelle et anonyme.

Pourtant, quand il y réfléchit, il a de la chance d'être arrivé à cet âge canonique. Déjà, la médecine n'a plus rien à voir avec celle qu'il a connu autrefois. Il n'y a plus de docteurs, d'hôpitaux, de chirurgiens, d'infirmières, d'aides-soignantes. Ils ont été remplacés par des machines à test qui détectent tous les dérèglements du corps et ajustent la nourriture, délivrée automatiquement à domicile, sous forme de gélules, en y ajoutant les médicaments nécessaires. Dans les cas les plus graves, lorsque la maladie devient trop importante, ce qui est très rare, vu le suivi régulier depuis la plus tendre enfance, les médicaments sont remplacés par des euthanasiants et le citoyen décède sans souffrance dans l'anonymat le plus complet.

Les anciens moyens de transports ayant été bannis au profit de nouvelles technologies plus propres écologiquement et gérées par ordinateur, plus aucun accident n'est à déplorer et la médecine d'urgence a disparu.

Enfin, les effets de la brume rosâtre ayant fait disparaître toute forme de dépression ou de maladie psychiatrique, on ne déplore plus aucun suicide, aucune agression physique ni homicide.

Bref, la société va bien.

Elle va bien mais Robert est las. Il avance rapidement vers le bloc V4R7-007, le dernier de son trajet.

Il entre et fait une pause pour reprendre une respiration normale.

Dans le sas une voix résonne. Robert a été scanné.

"Bonjour citoyen X6504041, veuillez connecter votre respirateur sur l'analyseur."

Robert s'exécute et connecte le petit tuyau disponible au mur sur son respirateur.

La voie poursuit.

"ADN vérifié"

Robert se dit qu'il est bien content d'avoir accès aux fichiers centraux.

"Présence de virus : nulle
Saturation en oxygène 96%
Pouls 112
Tension artérielle 15/6
Aucune anomalie sanguine."

Robert est satisfait d'être en bonne santé. Essoufflé mais en bonne santé. Heureusement qu'il n'ont pas pensé à vérifié la présence de principes actifs de la brume rosâtre dans les poumons.

La voix poursuit "Accès possible. Quel est le motif de votre venue ? "

Robert répond, comme chaque jour : "Maintenance domotique box AP8".

La voix conclue : "Accès autorisé. Box AP8 intervention numéro 75. détection d'une anomalie possible. Signalement aux autorités."

La porte intérieure du sas s'ouvre et robert pénètre enfin dans le bloc V4R7-007.

"Je m'en fiche de ton signalement !" dit-il à voix basse et il descend les escaliers vers le sous-sol.

Plus personne n'explore les sous-sols et heureusement pour Robert. Il suit un dédale de couloirs qu'il connaît bien pour s'arrêter face à un vieux buffet adossé à un vieux mur.

Là, il ôte sa combinaison étanche. Le citoyen X6504041 redevient enfin Robert. Il en profite pour plonger sa main dans la poche de son pantalon, en retire les deux gélules de son petit-déjeuner qu'il laisse tomber nonchalamment sur le sol où elle rejoignent des dizaines d'autres abandonnées là depuis de nombreuses années.

Robert empoigne le coin du vieux buffet et le fait pivoter. Derrière apparaît un trou dans le vieux mur. C'est la porte d'une galerie que Robert connaît bien. Il l'emprunte quotidiennement. Il l'appelle "la porte du paradis". Aujourd'hui c'est peut-être la dernière fois qu'il l'emprunte. Il se sent joyeux. Las mais joyeux. Il s'engouffre par la porte du paradis dans un tunnel et tire derrière lui le vieux buffet pour obturer le passage.

Chapitre 3 : le paradis

Après une bonne heure et demi de marche dans ce tunnel qu'il connaît comme sa poche, Robert entrevoit une lumière qu'il affectionne tout particulièrement. La lumière du soleil. Il touche au but.

Il remonte un peu la manche de sa veste de treillis camouflage pour laisser apparaître sa vieille montre à aiguilles qu'il n'a jamais oublié de remonter. Elle indique huit heures dix-huit.

Il lui reste deux minutes avant l'heure du T comme il l'appelle.

Il y a encore quelques années, il aurait couru comme un dératé, spontanément, juste par défi, mais maintenant il préfère attendre sagement.

Huit heures dix-neuf. Son ouïe est encore bonne. Même de l'intérieur de son tunnel, il perçoit un léger sifflement ultrason au loin dans le ciel. Il sourit. C'est l'heure du T.

Huit heures vingt, le drone T-414-3 passe à basse altitude avec sa caméra vidéo thermique infrarouge, son scanner longue distance, ses canons anesthésiants et son désintégrateur. Le T, comme on l'appelle communément, a pour mission de suivre la frontière du dôme et de stopper toute intrusion de ceux que les gouvernants appellent "les exters". Robert préfère, lui, entendre "ex-terre", il trouve cela plus joli et plus vrai.

Le T passe à heures fixes. Robert le sait et trouve cela un peu idiot. Si les ex-terres voulaient entrer dans le dôme il leur suffirait d'observer ces passages réguliers et de s'introduire entre deux. Les gouvernants, à force d'utiliser la peur pour imposer leurs règles, ont fini par être eux-mêmes sujet à la peur. Les ex-terres se fichent bien de l'intérieur du dôme et aucun ne désire renverser le pouvoir en place.

Robert attend quelques minutes que le T s'éloigne puis il sort du tunnel. Il prend une grande inspiration. L'air est frais, pur. Le soleil est lové dans un léger voile de soie blanche. C'est une belle journée.

À quelques dizaines de mètres se trouve la lisière d'une forêt luxuriante. Robert s'approche lentement.

Autant en ville, habillé de sa combinaison étanche, soumis à l'atmosphère rosâtre et à la biosphère du dôme, il est rapide et agile, autant en dehors du dôme il a cent vingt-quatre ans. Il est lent, vacillant, faible.

Il s'oblige à lever les pieds pour marcher car il sait que la moindre brindille peut le faire chuter. L'herbe, d'abord rare, se fait plus dense à l'approche des premiers arbres. Dès qu'il le peut, il ramasse une branche cassée pour s'en servir d'appui. Robert se sent vieux mais il est heureux, il est libre.

Lorsqu'il arrive au niveau du premier arbre de la forêt, Robert le touche, le caresse. Ses doigts crochus se glissent dans les stries de l'écorce rugueuse. C'est un rituel ancien qu'il a mis en place, sa façon de dire bonjour à la nature, à la vie. Aujourd'hui Robert a une sensation étrange. Il ressent une vibration dans sa main comme si l'arbre communiquait avec lui et l'accueillait avec bienveillance. Une larme perle au coin de l'oeil délavé du patriarche. Robert baisse la tête et repart lentement.

Il s'enfonce dans cette forêt, laissant le dôme derrière lui.

"La forêt n'a pas besoin de drone pour se protéger, elle. Ses arbres lui suffisent." pense-t'il, en marchant avec précaution.

Il trouve rapidement un petit chemin où l'herbe a presque disparu, à force de passages répétés. Il va pouvoir enfin marcher sans peur de chuter. Robert suit le sentier un instant, avant de s'asseoir sur un tronc d'arbre mort. Il a l'habitude de faire un pause ici pour reprendre son souffle.

Il fixe son regard sur le bâton qui lui sert de canne. Il le trouve beau, tordu et rugueux, comme lui, mais solide. Ses yeux descendent jusqu'au sol. L'herbe rare parsème une terre grasse, riche, bien brune. Il ressent un frisson de joie. Depuis que l'Homme a fui la nature, elle s'en porte bien mieux. Son esprit se vide de toute pensée et il entre en communion avec tout ce qui l'entoure.

Robert reste longtemps ainsi, en extase, jusqu'à ce qu'il ressente instinctivement l'approche d'un danger. Sans réfléchir il se lève, s'écarte du chemin, cherche un buisson sous lequel se cacher et s'y blottit, remontant sur sa tête sa veste de treillis camouflage. Il observe discrètement, scrute, cherche autour de lui une présence, écoute le moindre bruit. Rien. Personne. Se serait-il trompé ? Il s'apprête à sortir de sa cachette quand, dans le ciel, apparaît un drone explorateur H-333. Le même que le T mais piloté par un humain. Son équipement technologique, ses fonctions de détection et de scanner, son armement sont activées manuellement par le pilote. Par chance Robert n'a pas été repéré.

L'utilisation de ces drones est assez rare. Ils sont souvent en mission. Aurait-il été démasqué ? Son subterfuge aurait-il été découvert ? Serait-il recherché ?

"De toute façon il est presque trop tard", se dit Robert.

Le drone parti, Robert sort de sa cachette et poursuit son chemin. Il marche longtemps, parfois sur le sentier, parfois en dehors, par précaution. Plusieurs fois, il a la sensation d'être observé. À chaque fois il se cache, cherche, mais ne voit rien ni personne et il repart.

Enfin, après une bonne heure de marche, il arrive à la destination qu'il s'était fixée, son lieu préféré, le lac des vouivres.

Combien de fois Robert est-il venu ici se ressourcer ? Combien de fois a t'-il berné la machine en prétextant une intervention de maintenance au bloc V4R7-007, changeant systématiquement le numéro du box pour ne pas éveiller les soupçons de l'ordinateur central ? Robert est bien incapable de le dire. Tout ce qu'il sait, c'est qu'aujourd'hui c'est la fois de trop. Il aurait dû se douter que la machine allait considérer ces dizaines d'interventions sur le même box comme un évènement anormal et qu'elle allait vérifier, mais Robert n'en avait que faire. Ce matin, il n'a rien calculé, rien vérifié. Il est parti pour la dernière fois. Maintenant, il est au lac des vouivres et il se sent bien.

Le vaste étang vert sombre est un havre de paix pour Robert. Il y est venu de nombreuses fois auparavant. Il y trouve toujours le calme et la sérénité. Sur le bord, un énorme rocher fait l'objet d'une légende. On dit que c'est de là que la vouivre plonge et ressort de l'étang. Robert aime s'y installer. Il a longtemps espéré voir apparaître cet être fabuleux. Qui sait ? Peut-être aujourd'hui.

Il escalade prudemment le rocher et s'assoit au sommet. Il ferme les yeux, écoute sa respiration, se remplit de la douceur ambiante. Il se sent heureux.

"C'est le paradis !" se dit-il.

"Information remontante réceptionnée."
"Traitement en cours."
"Vérification des données."
"Vérification de l'historique."
"Suspicion de fraude confirmée."
"Vérification du box AP75 bloc V4R9-145."
"Rien à signaler."
"Désinfection du box AP75 bloc V4R9-145."
"Remise à zéro du box AP75 bloc V4R9-145."
"Contrôle des déplacements du citoyen X6504041.
"Anomalie détectée."
"Envoi d'une équipe au bloc V4R7-007."
...
...
...
"Rapport reçu. Existence d'un tunnel de sortie."
"Envoi H-333 en reconnaissance extérieure."
...
...
...
"Citoyen non repéré aux abord directs du dôme."
" H-333 retour à la base."
"Alerte maintenue."
"Etude d'un plan d'action en cours."
...
...
...

Chapitre 4 : le guetteur

Le silence a une saveur particulière dans certaines situations.

Robert est assis sur son rocher au bord du lac des vouivres. C'est son anniversaire, il a cent vingt-quatre ans aujourd'hui. Il ne retournera plus jamais dans le dôme. Il sait qu'il est recherché. La machine a du analyser l'anomalie détectée, le chercher dans le dôme et, ne le trouvant pas, envoyer une patrouille sur le terrain. Il risque d'être capturé, jugé, emprisonné ou exécuté.

Pourtant, il est serein.

Le clapotis de l'eau le berce.

Le bruit du vent dans les branches l'apaise.

"Bonjour David", lance-t'il d'une voix forte.

À quelques mètres derrière Robert, un jeune homme sort d'un buisson luxuriant, l'air vexé.

"Ah, c'est vous Robert. Vous m'avez entendu."

Le jeune homme d'une quarantaine d'années est mince mais musclé. Son corps est marqué, çà et là, par quelques tatouages plus ou moins artistiques. Il a les cheveux rasés sur les cotés et long dessus, tirés en queue de cheval. Sa dentition porte les traces d'une vie tumultueuse, faite de plus de coups que de baisers. Il est, lui aussi, vêtu d'une tenue camouflage et porte de gros brodequins militaires d'une époque révolue.

"Non. Je ne t'ai pas entendu. Tu es un bon guetteur, David. Je savais juste que tu viendrais. Je suppose que tu m'observes depuis un moment, n'est-ce pas ?"

"Pas longtemps. Quelques minutes."

"De quoi as-tu peur mon ami ?"

"Sauf votre respect, je n'ai peur de personne. De rien ni de personne."

"Ah ? Alors pourquoi guettes-tu sans cesse ?"

"C'est mon rôle, ma mission pour les ex-terres. Je dois surveiller pour les avertir de tout danger venant des autres, des inters, ceux du dôme."

"C'est marrant quand même. Ils ont leurs règles et vous aussi. Ils se sont affecté des rôles et vous aussi. Vous êtes semblables, pourtant ils ont peur de vous et vous avez peur d'eux."

"Non, Robert, nous sommes différents. Vous le savez bien. Vous avez vécu la fracture. Vous connaissez nos motivations pour vivre hors du dôme. Vous êtes même des nôtres, non ?"

"Ce que je sais c'est que je ne suis pas des leurs. Mais je ne sais pas si je suis des vôtres. Je n'ai pas vos peurs. Ou plutôt je ne les ai plus. Toi, tu es le porteur des peurs du peuple des ex-terres. Le peuple vit relativement sereinement pendant que toi tu prends en charge, pour eux, la peur de l'oppression, de l'agression, de l'asservissement, de la mort."

David regarde Robert l'air interrogateur. Peut-être ne comprend-il pas. Robert lui explique.

"Je suis vieux, tu sais. J'ai étudié, à l'ancienne, à l'école, l'histoire de mon peuple et des autres. Dans l'histoire, la peur est omniprésente. C'est un excellent outil pour diriger.

Au départ, la peur se base sur l'imaginaire. Son support est irréel.

Lorsque le support est réel ce n'est pas une peur mais une crainte. C'est différent. La crainte peut être utile. Elle créé une force positive. Pour éviter de subir l'objet de la crainte, l'Homme est capable de développer des trésors d'ingéniosité.

L'objet de la peur, lui, est irréel. La peur crée une dynamique négative en favorisant le sentiment d'impuissance. L'homme ne peut rien faire pour anticiper l'objet de sa peur et s'en préserver.

Les enfants ont peur des monstres mais les monstres n'existent pas. Certaines personnes ont peur du noir. En réalité elles imaginent des choses dans le noir et en ont peur mais ces choses n'existent pas. D'autres personnes encore ont peur du vide. En fait aucune d'entre elles n'est jamais tombé dans le vide. Elles imaginent mais ne savent pas. Et comme souvent, elles imaginent le pire, ce qui créé les peurs.

Toutes les peurs peuvent être rattachées à une seul : la peur de l'inconnu.

De tout temps et en tout lieu beaucoup de dirigeants politiques ont utilisé cette peur de l'inconnu.

Combien de guerres ont été faites en masquant la recherche de puissance, de pouvoir ou de richesse derrière des peurs ?

Combien de peuples ont été divisés en utilisant la peur ? Car la peur divise quand la crainte rassemble.

Dès la préhistoire, et sûrement avant, c'est la crainte d'un environnement hostile qui a fait se regrouper les Hommes et les a poussé à vivre ensemble. Après une période de vie relativement harmonieuse, il s'est créé une hiérarchie dans les différentes communautés. Est alors apparu, par exemple, la peur de la position sociale au sein du groupe. Quel réalité est la base de cette peur ? Aucune. L'existence d'une hiérarchie ne menace en aucun cas l'harmonie de fonctionnement du groupe. A contrario, cette peur pousse l'individu, dans le meilleur des cas à l'ambition, dans le pire à la jalousie. L'ambition est utile à la personne et à la communauté. La jalousie, par contre, peut détruire le groupe en le divisant.

Je ne te ferai pas le détail de tous les exemples, dans l'histoire, où la peur a été utilisée à des fins plus ou moins intéressées par les dirigeants, car ils sont trop nombreux.

Plus récemment, tu le sais, il y a eu la grande épidémie. Quelle aubaine pour un pouvoir affaibli ! Le peuple aurait pu craindre de tomber malade et donc chercher des remèdes, utiliser les anciennes méthodes de médecine, progresser dans ce domaine, mais les gouvernants ont anticipé la situation en créant une peur : la peur de la mort.

Il y a eu des morts et c'est bien triste. Mais la façon de présenter l'information, les chiffres, la situation, a donné au peuple la sensation d'un danger incontrôlable menant immanquablement à la mort.

À ce moment, le peuple a été implicitement divisé en deux : les sains et les malades.

Dès lors, il a été facile de déclarer un état d'urgence donnant des pouvoir accrus aux dirigeants, leur permettant par là même de faire voter des lois sans difficultés, bien qu'en temps normal elles auraient été impopulaires.

Il y a eu les enfermements ciblés puis généraux. Le peuple a eu peur du manque, car dans une société de consommation, le manque c'est la mort. Puis au relâchement, par la peur, on a commencé à diviser le peuple, ce qui a provoqué entre autres de la violence, des délations et plein d'autres travers de la mentalité humaine.

Le peuple était de nouveau et encore plus divisé. Il y avait ceux qui respectaient les enfermements, ceux qui ne les respectaient pas, ceux qui faisaient des réserves, ceux qui n'en faisaient pas, etc. Chacun avait peur de l'autre qu'il tenait pour responsable d'une situation à venir encore plus difficile, alors qu'il n'y avait aucune difficulté à craindre.

Puis les injections sont apparues et le début des fichiers informatiques. Le miracle était là. La division finale.

Dès lors il y a eu les injectés et les non-injectés. les enregistrés et les autres. Les uns accusant les autres d'être dangereux. Les autres accusant les premiers d'être liberticides.

Tout le monde avait peur de tout le monde et les gouvernants avaient les mains libres pour faire passer des lois au motif de protéger le peuple qui adhérait massivement, librement ou non.

À partir de ce moment là, deux clans se sont créés : les suiveurs et les rebelles.

Les rebelles n'ont eu d'autre solution que de s'expatrier et les suiveurs de se soumettre toujours plus aux règles.

Aujourd'hui, les suiveurs n'ont plus peur puisque qu'ils n'ont plus de libre arbitre.

Vous, les rebelles, êtes des parias et vivez dans la peur constante d'être exterminés."

Robert s'arrête une instant. Il semble réfléchir intensément.

"David, à quand remonte la dernière descente des milices en ex-terre ?"

David, absorbé par cet exposé et surpris par cette question, réfléchit un instant.

"Je ne m'en souviens plus. Dix ans, peut-être plus."

"Peut-être. David, les anciennes craintes du peuple sont devenue des peurs. C'est ce que voulaient les dirigeants. Tu portes en toi les peurs de tout un peuple. Moi je n'ai plus ces peurs mais je crains que nous ne tombions dans l'oubli. C'est peut-être pire."

David se lève d'un bond, prend Robert par le bras et le soulève vaillamment.

"Vite ! À couvert !"

David et Robert descendent du rocher aussi vite que possible et s'abritent sous un buisson touffu. Ils remontent leur veste de treillis sur leur tête et attendent en silence. David scrute le ciel. Une minute se passe. Puis deux. Puis cinq. David jette un coup d'oeil à Robert pour savoir s'il va bien.

Robert sourit.

"Citoyen X6504041 dangereux."
"Dangerosité maximale supposée."
"Eradication nécessaire."
"Envoi d'une équipe d'exploration dans le tunnel."
"Poursuite de l'exploration en extérieur ordonnée."
"Mission : recherche et élimination du renégat"
"Information au grand régisseur."

Chapitre 5 : Chasse à l'homme

"*Commandant FA504, rapport d'intervention demandé*".

Dans les sous-sols du bloc V4R7-007, le commandant et ses soldats ont stoppé leur progression devant le vieux buffet qu'ils ont déplacé.

"Commandant FA504 au rapport, annonce-t'il avant de poursuivre, mon unité a exploré les sous-sols du bloc V4R7-007. Nous avons trouvé la combinaison du citoyen X6504041 au niveau d'un vieux meuble derrière lequel il y a un tunnel. Nous allons le suivre."

"*Bien reçu. Tenez informé le central de l'évolution de la situation.*"

Le commandant FA504, de son vrai nom Sylvain Stalon, est un solide gaillard d'un mètre quatre-vingt douze. Il porte la tenue officielle kaki, de grosses bottes et un béret orné du poing enserrant un éclair des forces spéciales. Il est réputé pour avoir un fort caractère mais quand il s'adresse à la machine il fait preuve d'une grande diplomatie.

"Bon les gars, Maurice, matricule FA504-2, et Pablo, FA504-5, vous passez devant, je vous suis avec Carlita, FA504-1. Ok ? Franck, matricule FA504-4 et Momo, FA504-3, vous fermez la marche. Mettez vos lunettes infrarouge, il fait noir là-dedans."

Les soldats obéissent sans piper mot, avant de s'engouffrer dans le tunnel.

Ils marchent prudemment, observant de tous cotés comme si un danger pouvait les surprendre à tout moment.

Le trajet se déroule sans encombre et ils arrivent bientôt au bout du tunnel.

"Section, halte !", clame fermement Sylvain.

Toute la troupe s'arrête net.

"Maurice, jetez un coup d'oeil dehors pour voir si personne ne nous attend."

Le soldat s'accroupit, s'allonge et rampe vers la sortie. Il s'arrête à l'embouchure du tunnel et fouille les alentours du regard avant de faire demi-tour, toujours en rampant. Revenu à l'intérieur il se relève et annonce :

"La voie est libre chef."

"Ok, sortons mais restez sur vos gardes, on ne sait jamais avec les exters."

Maurice et Pablo sortent les premiers et se postent de chaque coté de la sortie, armes laser à la main, prêts à tirer pour couvrir leurs camarades.

Le commandant Sylvain, d'un signe de la main, envoie Franck et Momo les rejoindre. Dès leur sortie, il s'allongent au sol et pointent leurs armes vers la forêt.

D'un geste presque galant, le commandant invite Carlita à passer devant lui. Le commandant cache difficilement le fait qu'il semble apprécier le treillis moulant de sa soldate, qui laisse subtilement entrevoir ses formes généreuses. Dans cette société, les tenues militaires sont bien moins anonymes que celles des civils. Elle sourit et sort tout naturellement, presque sans aucune appréhension.

Enfin, le commandant Sylvain sort, jette un regard émerveillé autour de lui, et prend une grande inspiration. Il s'étire comme s'il sortait d'une longue léthargie et arbore un sourire mêlant plaisir et sadisme.

"C'est bon, dit-il à l'adresse de ses soldats, détendez vous, tout va bien."

Il pose sa grosse main sur le micro de son émetteur-récepteur pour ne pas être entendu de la machine. Juste au cas où.

"Bon, je vous explique. Là, on est chez les exters. C'est la première fois pour vous. Pas pour moi. Sachez que cette partie du monde est très dangereuse. Les exters sont sans foi ni loi. Il ne vous feront pas de cadeau."

Ses hommes l'écoutent avec attention.

"Ici, il n'y a pas de machine qui compte. Le chef c'est moi et uniquement moi, ok ? Si vous m'obéissez tout se passera bien. Sinon..."

"Sinon quoi, chef ?", demande Carlita avec un petit sourire au coin de la bouche.

Le commandant lui lance un regard furieux. Il n'apprécie pas qu'on le défie en lui posant ce genre de question dont il n'a pas la réponse.

"Sinon, tant pis pour vous ! Certains disent que si les exters vous attrapent, ils vous torturent et vous tuent à petit feu. D'autres affirment qu'ils vous mangent. Personnellement, je n'en sais rien, je m'en suis toujours sorti. Et vous savez grâce à quoi ? Rigueur et discipline !"

Carlita lui tourne alors spontanément le dos pour qu'il ne voit pas qu'elle est sur le point d'éclater de rire.

Il enlève sa main de l'émetteur et s'adresse à la machine.

"Commandant FA504 au rapport. Nous sommes arrivés au bout du tunnel. Nous sommes en zone exter. Attendons vos ordres."

"Bien reçu. Zone dangereuse. Prenez une capsule de MED1. Anti-fatigue, anti-douleur, anti-peur, acuité sensitive accrue. Poursuivez les recherches en exter."

"Bien reçu."

Sans un mot, le commandant Sylvain fait signe à ses soldats de le regarder. Lorsqu'il a leur attention, il sort de l'une des poches de son treillis une petite boite marquée d'une croix rouge et l'ouvre prudemment. Il en sort une petite gélule verte et la leur montre avant de la jeter par dessus son épaule tout en émettant un bruit de déglutition avec sa gorge.

"Allez ! À vous, faites pareil."

Un peu stupéfaits, les hommes et la femme imitent leur chef sans comprendre.

De nouveau, le commandant Sylvain masque le micro de son émetteur.

"Je vous explique. Cette gélule vous fait obéir aveuglément aux ordres et nuit à votre bonne perception du danger. La dernière fois, et la seule, où je l'ai prise, je me suis retrouvé à poil au milieu des gradés au poste de commandement. Avec ça, un ordre est un ordre, on ne se pose plus de question. Moi je veux que vous m'obéissiez à moi et non à la machine. C'est la seule solution, pour vous, de vous en sortir vivant. Ok ?"

Sans répondre, tous se mettent au garde-à-vous.

Instinctivement, le commandant lance un "Repos" auquel ses hommes obéissent machinalement.

Il enlève la main de son émetteur.

"Bon, jusqu'à la forêt, la voie est libre. À partir des arbres, on reste bien groupés, on observe en silence, on écoute le moindre bruit. On se couvre les uns les autres. Ok ?"

"Oui, chef !"

La petite troupe se dirige à pas soutenus vers la lisière de la forêt. À ce premier point, le commandant Sylvain leur fait un signe de la main et la petite troupe s'arrête. Il écoute attentivement les bruits de la forêt. Tous font de même, sans trop savoir ce qu'ils devraient entendre.

Puis le commandant observe minutieusement le sol.

"Regardez ! des traces !", leur dit-il à voix basse.

Tous regardent l'herbe et les brindilles écrasées en hochant la tête admirativement.

"Nous allons les suivre. Maurice, tu suis les traces. Pablo, tu surveilles devant. Franck, tu surveilles derrière. Momo tu surveilles à droite. Moi, je surveille à gauche. Et surtout, discrétion maximale, ok ?"

"Et moi ? Je surveille en haut ou en bas ?", questionne Carlita.

À la limite d'exploser de colère, le commandant Sylvain, prend une grande inspiration et répond :

"Pour le moment, toi, tu suis le mouvement, ok ?"

La petite troupe se met en marche en essayant de faire le moins de bruit possible. Parfois les traces disparaissent puis elles réapparaissent comme par enchantement. La progression est lente et l'ambiance pesante.

Soudain, un crépitement. Tout le monde sursaute.

"Commandant FA504, rapport d'intervention demandé."

Instinctivement, le commandant Sylvain pose sa grosse main sur l'émetteur.

"Connasse !", lâche-t'il, avant de se reprendre.

"Rien à signaler. En approche de l'objectif. Je vous tiendrai informé."

"Bien reçu !"

Une fois remis de leurs émotions, les soldats redémarrent.

Après un long moment, le soldat Pablo fait un signe de la main pour stopper la troupe. Le commandant s'approche de lui.

"Que se passe-t'il, Pablo ?"

Le soldat ne répond pas. Il pointe son index en direction d'une grande étendue d'eau. Le commandant regarde attentivement dans la direction indiquée. C'est un lac. Au loin, il aperçoit une forme humaine. Sans bruit, il sort une paire de jumelles de la grosse poche de son treillis et la porte à ses yeux. Un sourire sadique éclaire son visage. Il fait signe à ses soldats de revenir un peu en arrière et de s'accroupir derrière un buisson.

"Commandant FA504 au rapport. Le mec est repéré. Nous allons tenter de l'éliminer", annonce à voix basse le commandant dans son émetteur, avant de s'adresser à son équipe.

"Carlita, tu voulais faire quelque chose ? Et bien c'est maintenant. Le renégat est à l'autre bout de ce lac, assis sur un rocher. De là où il est, il ne peut pas nous voir. Puisque tu es tireuse d'élite, tu vas te placer au bord du lac avec ton fusil laser. Pablo et moi allons contourner le lac d'un coté et Franck et Momo vont le contourner de l'autre coté. On va l'encercler. À mon ordre, tu le butes, et si tu les rates, on l'attrape. Ok ?"

"Je ne rate jamais ma cible", répond froidement Carlita.

Le commandant Sylvain et Pablo d'un coté, Franck et Momo de l'autre, tous s'enfoncent dans la forêt, laissant seule Carlita qui prépare son fusil. Elle assemble les différentes parties de l'arme, installe la lunette de visée, met l'arme en charge, ce qui provoque un léger sifflement aigu, et s'avance en rampant au bord du lac.

Elle s'installe confortablement. C'est la première fois de sa vie qu'elle a l'occasion de s'allonger dans l'herbe. Elle en ressent la fraîcheur et l'humidité. Pendant quelques secondes elle en oublie sa mission.

"Reprend-toi, ma fille !", se dit-elle.

Elle pointe son arme en direction de l'autre bout du lac, ferme un oeil, et de l'autre observe l'image dans le viseur laser.

"Il est là !"

L'homme est assis sur un rocher. Quelque chose a dû tomber dans le lac juste en face de lui. Il observe fixement les ondulations de l'eau. Carlita zoome sur lui. Elle détaille son visage. Il a l'air vieux pour un renégat dangereux. Son front est tout ridé. Ses yeux son presque transparents.

"Pas grave ! pense à ta mission !", s'ordonne t'elle pour reprendre ses esprits.

Elle centre l'image du viseur sur le front du vieil homme et, de son index long et fin, fixe une croix rouge sur l'écran, s'amusant même à la placer entre deux rides.

Dans son oreillette, la voix du soldat Franck retentit.

"Franck et Momo, en place. Attendons les ordres."

Quelques secondes plus tard, le commandant Sylvain répond.

"Commandant Sylvain et Pablo en place. Carlita, quand tu veux."

Carlita pose son index long et fin sur la gâchette du fusil. Elle ajuste sa visée, essayant de faire en sorte que la croix qu'elle a placé sur l'écran devienne verte.

Non loin d'elle, l'eau frémit d'un léger mouvement. Carlita ôte son doigt de la gâchette et détourne un instant le regard. Une femme nue sort du lac presque sans un bruit. Elle est belle.

Surprise elle aussi, la femme tourne son regard vers Carlita.

"Carlita, j'ai dit c'est quand tu veux", réitère le commandant Sylvain.

La femme regarde Carlita avec insistance. Son regard est troublant. Tout en la fixant, elle semble réfléchir intensément.

Comme elle ne bouge pas et se contente de la regarder, Carlita reprend sa mission. Elle remet son index sur la gâchette et règle de nouveau la visée.

Cette femme !

La croix devient orange.

La femme reste là, à proximité, immobile, silencieuse.

La croix, dans le viseur, devient jaune.

Soudain une voix féminine mais rauque brise le silence : "Que faites-vous ?", demande la femme à Carlita, surprise.

Pendant un fragment de seconde, Carlita perd conscience. Tout devient noir. Dans cette obscurité, apparaissent des images oubliées de sa jeunesse. De nouveau le noir. Un bébé dans ses langes. Le noir. Un homme. L'obscurité. Un coeur qui bat. Le noir.

"Alors, Carlita, qu'est-ce que tu fous ?", s'énerve le commandant dans son oreillette, la ramenant à la réalité.

Carlita rouvre les yeux et, sans savoir pourquoi, ressent une émotion qui la fait fondre en larmes.

La femme est toujours là mais son regard a changé, il est devenu tendre.

"Maman ?" demande la femme de sa douce voix rauque ?

Carlita est profondément déstabilisée. Elle tourne son regard vers le fusil. Le doute l'a envahi. Troublée, elle abandonne sa mission, laisse là son arme, se retourne et part en courant, des larmes dans les yeux.

"Que se passe-t'il, Carlita ? Répondez !", demande le commandant Sylvain dans l'oreillette.

"Mission avortée. Demande urgente mon commandant. Récupérez moi à l'entrée du tunnel", chuchote Carlita, en fuyant haletante.

"Ici le commandant Sylvain, ordre à tous les hommes, retour immédiat auprès de Carlita. Je répète, ordre à tous les hommes, retour immédiat auprès de Carlita".

"Commandant FA504, que se passe t'il ? rapport d'intervention demandé."
"Commandant FA504 ?"

Chapitre 6 : La vouivre

Robert est assis au sommet de son rocher au bord du lac.

À travers la frondaison, le soleil darde quelques rayons intenses et chauds, éclairant des particules de poussières comme autant d'étoiles dans les yeux de Robert.

Le lieu est calme. Robert sursaute. Il a entendu, de l'autre coté du lac, les bruits d'une course dans les bois. Puis des éclaboussements. N'importe qui aurait pensé qu'un animal, dans sa course, avait fait tomber une branche dans l'eau mais pas Robert. Il sait, lui, que quelque chose, au loin, vient de plonger dans le lac. Il enfonce sa tête dans ses épaules comme si cela lui permettait de se cacher. Il observe le lac, scrute le moindre indice qui lui permettrait de voir les mouvements de l'eau. Peut-être est-ce un castor. Il y en a quelques-uns autour de l'étang. Il y a longtemps qu'il n'en a pas vu. Il aimerait en observer un aujourd'hui. Une dernière fois.

À distance, la surface de l'eau ondule légèrement dans sa direction. Le plongeur est en approche. Robert ne bouge plus. Il ne veut pas effrayer celui qui lui fait l'honneur d'une visite. Il lui est déjà arrivé que des animaux l'approchent de très près.

Ce sont des instants magiques et précieux qu'il affectionne tout particulièrement.

Les vaguelettes tracent vers lui un magnifique "V". L'animal nage à faible profondeur. La lumière tamisée du soleil magnifie les mouvements de l'eau. Robert retient son souffle.

L'animal a dû s'enfoncer dans les profondeurs du lac. La surface n'est plus parcourue par aucun mouvement.

Soudain, à quelques mètres, dans une gerbe d'eau, une femme jaillit. Elle est entièrement nue. De ses mains filiformes, elle lisse instinctivement ses longs cheveux. Robert la reconnaît, se redresse, puis se lève pour l'accueillir.

D'une voix étrange, féminine mais rauque, la femme le salue.

"Robert, quelle joie de te revoir. Sois le bienvenu."

"Bonjour Lydie. C'est moi qui suis joyeux. Il y a si longtemps."

Lydie sort de l'eau en souriant. Elle est belle. Elle doit avoir une cinquantaine d'années mais la nature lui a conservé une forme de jeunesse. Elle grimpe le rocher et s'assoit à coté de Robert, tout près. Oubliant qu'elle est trempée, elle passe tout naturellement son bras autour de Robert et pose sa tête sur son épaule.

"Robert, mon sauveur".

Robert ne l'a pas quittée des yeux, admirant sa beauté. Il a bien remarqué, de chaque coté de son cou, entre l'oreille et la clavicule, une fine ouverture qu'il avait déjà vue auparavant. Il trouve que cela rajoute à son charme. Dommage que ce ne soit pas naturel.

"Lydie, ma vouivre", dit-il, en éclatant d'un rire franc.

Elle se joint à lui dans un gloussement à la fois doux et rocailleux.

"Robert, comment pourrais-je un jour te remercier de tout ce que tu as fait pour moi ?"

Les joues rougies par le souvenir, Robert confirme d'un léger hochement de tête.

Faisant référence à un ancien poète que tous deux apprécient et qui, lui aussi, s'était exclu volontairement de la société du dôme à la grande époque de l'exode, Lydie entame son récit des faits, rythmé par le leitmotiv des vers de Béache.

"*Te rappelles-tu ? T'en souviens t'il ?* Quand tu étais mon professeur ? Tu m'enseignais l'informatique et je crois que j'étais assez bonne élève.

Te rappelles-tu ? T'en souviens t'il ? Quand tout a commencé, l'épidémie, l'enfermement qui nous a séparés longtemps, les injections, les nouvelles règles ? Tu m'avais pourtant bien mise en garde mais je ne t'ai pas écouté. J'étais jeune. Ils ont bien su nous faire croire que pour rester libres nous devions nous faire injecter leur produit. Si seulement nous avions réfléchi !

Te rappelles-tu ? t'en souviens t'il ? Quand tu es resté à mes cotés pendant que je subissais les effets secondaires de l'injection et que je voyageais entre la vie et la mort ? Tu m'as veillée, soignée, choyée.

Te rappelles-tu ? t'en souviens t'il ? Quand tu as découvert ensuite qu'avec le traitement expérimental ils nous injectaient un BNP, bio-nano-processeur, pour mieux nous suivre, nous contrôler et qu'ils prévoyaient de le mettre à jour régulièrement par de nouvelles injections régulières ? Pour moi, pour me sauver, tu as cherché, fouillé, exploré de nouvelles voies et finalement trouvé comment annihiler ce processeur.

Te rappelles-tu ? t'en souviens t'il ? Quand tu l'as désactivé et que j'ai retrouvé, après quelques temps, un semblant de lucidité ? Tu m'as expliqué, démontré, prouvé ce que je ne voulais pas voir. Tu m'as convertie à ta cause.

Te rappelles-tu ? t'en souviens t'il ? Quand tu m'as proposé de vivre autrement, de sortir du dôme, de prendre le risque de vivre autrement ? Mes réticences, ma peur, que tu as combattu avec force et conviction.

Te rappelles-tu ? t'en souviens t'il ? Quand tu m'as confié aux ex-terres ? Qu'il m'ont prise sous leur protection. Qu'il m'ont appris à me reconnecter avec le Vrai. Qu'il m'ont réappris à vivre. Autrement.

Te rappelles-tu ? t'en souviens t'il ? Quand les premiers effets à long terme de l'injection sont apparus ? Quand mon corps a changé ? Quand ces branchies ont entaillé mon cou ? Quand j'ai eu besoin, sans cesse, de l'eau ?

Te rappelles-tu ? t'en souviens t'il ? Quand ni toi, ni eux, ne m'avez rejetée et que vous m'avez accompagnée vers l'inconnu avec Amour ? Quand

j'ai plongé dans ce lac pour la première fois et que
tu es venu t'asseoir ici. De loin tu me criais :

"tant que tu échappes à la noyade
respire
tant qu'il y a du slam dans l'air
respire
tant qu'il y a de l'espoir
respire
tant que la vie t'éblouit
respire
respire
respire
respire
respire"

Merci Robert, tu as sauvé ma vie.

Tant de choses nous séparent et nous ont
toujours séparé, mais aujourd'hui je voudrais te
dire quelque chose.

Le temps a passé et j'ai longtemps réfléchis. J'en
arrive à une conclusion que je dois te confier. Je
crois que je t'aime."

Arrivée à ce point de son exposé, Lydie baisse les
yeux et se tait.

Robert se remémore ce passé glorieux où il est entré en résistance, couvert par sa fausse identité. Lydie n'en connaît que ce qu'elle en a vu, mais il sait, lui, qu'elle n'est pas la seule à qui il a annihilé la puce. Ils ne sont pas légion mais tout de même le nombre n'est pas négligeable. Tous ont eu des effets secondaire étranges. Certains, rares, positifs, comme Lydie, d'autres, la majorité, catastrophiques et la plupart sont morts dans d'atroces souffrances.

"Tu m'aimes, je te crois. Je t'aime aussi, crois-le. Pourtant je ne suis pas sûr que tu sois vraiment consciente de ton amour. Ne te fâche pas. Je sais que tu es susceptible mais s'il te plait, écoute moi !" dit-il avant de prendre une grande respiration et de poursuivre.

"Ce que nous avons vécu ensemble est fort. Oui, en ce qui me concerne, c'est basé sur l'Amour. Mais pas celui que tu imagines.

Pour toi l'Amour est un concept vague. Un subtil mélange d'attirance, d'admiration, de sensation de bien-être, de sensualité, de sexualité, d'intensité du vécu, de confiance.

Le simple fait que, comme tu le dis, tu considères que je t'ai sauvé la vie, créé entre nous un rapport encore plus subtil car psychologique.

Si moi je t'ai aidé par Amour, sans aucune autre raison que l'Amour que j'ai de mon prochain, toi comme d'autres, cela a créé chez toi une forme d'admiration autant que de dette morale. Comme je n'ai jamais utilisé ces aspects à mon avantage, car je n'attends rien de mes actes, tu m'as vu comme un être plus parfait que les autres. Sache qu'il n'en est rien. Je suis loin de la perfection. Personne, ici sur terre, n'est parfait.

C'est souvent ainsi en amour. Il se créé un jeu entre les êtres et il faut chercher loin derrière ce jeu pour trouver l'Amour, le vrai. Parfois, même en cherchant, on ne peut pas le trouver parce qu'il n'existe pas. Dans certaines relations amoureuses, même celles qui pourraient paraître sincères, il n'y a pas d'Amour.

En ce qui nous concerne, toi et moi, je dois aujourd'hui t'avouer quelque chose. En effet il y a dans notre relation un véritable Amour. Tu ne peux pas te douter de la puissance de celui-ci car tu ignores beaucoup de choses de ta propre histoire.

Lydie, tu es ma fille.

Voilà l'Amour qui nous lie. Moi en conscience et toi inconsciemment. Et parce que ton Amour est inconscient, spontané et naturel, il est vrai. Par contre, l'amour que tu m'avoues aujourd'hui, lui, ne l'est pas, car celui-ci est entaché de trop d'influences historiques.

Oui Lydie, tu es ma fille et je t'aime."

À cette annonce Lydie retire sa tête de l'épaule de Robert. Elle le regarde, étonnée.

Au dernier "je t'aime", Robert fond en larmes. Un mélange de tristesse, de joie et de libération l'envahit. Il est à la fois triste et heureux.

Lydie le prend dans ses bras et pleure avec lui tant l'instant est fort.

Ils restent ainsi dans les bras l'un de l'autre , pendant un long moment, à partager joie et tristesse.

Après avoir pleinement vécu cet instant, Robert continue.

"Je te dois quelques explications, ma fille.

Ta mère et moi nous somme séparés quelques années après ta naissance. Te souviens-tu de ta mère ?"

"Non, papa. Enfin, peut-être. Je ne sais plus. Je t'écoute."

Pour la première fois de sa vie Lydie prononce ce mot. "Papa". Son coeur fait un étrange soubresaut.

"Ta mère et moi nous sommes séparés quelques années après ta naissance. Avec l'injection, l'implantation de la nano-puce a eu des effets sur les personnes, notamment neurologiques et, entre autres, celui de leur faire perdre une bonne partie de leur mémoire et, par conséquent, la majeure partie de leurs repères, historiques, familiaux, éducatifs, etc.

Ta maman était une femme bien. Il serait trop long de t'expliquer pourquoi nous nous sommes séparés. Sache que c'est moi qui suis parti. Toi tu es restée avec elle quelques temps, puis tu as demandé à venir vivre avec moi.

Tu te souviens de moi comme de ton professeur parce que je t'aidais souvent à faire tes devoirs, mais nous avons aussi partagé beaucoup de moments de plaisir. Des balades, des concerts, des jeux. Tu ne t'en souviens pas parce que la nano-puce a effacé tous les moments de plaisir de ta mémoire.

Pour maîtriser un peuple, les dirigeants doivent soit leur offrir de plus en plus de plaisirs, si possible artificiels, soit les bannir complètement.

Tu es venue me rejoindre immédiatement après ta première injection. C'était le choix de ta mère de te la faire faire. Moi j'étais contre. Toi aussi d'ailleurs et ta dernière décision lucide a été de venir me rejoindre.

J'ai bien vu tous les changements qui opéraient en toi après l'injection. C'est pourquoi j'ai décidé de faire des recherches sur les bio-nano-processeurs et de trouver le moyen de les désactiver. Il m'a fallu deux ans pour y arriver.

Ensuite, je t'ai exfiltrée par mon passage secret. Je t'ai emmenée chez les ex-terres et t'ai confiée à eux.

J'aurais pu rester avec toi mais j'ai estimé que j'avais autre chose à faire. Je devais aider ceux qui, comme toi, avaient été injectés mais pouvaient encore être sauvés. Grâce à ma couverture informatique, je pouvais aller et venir presque librement dans le dôme et rencontrer, à leur domicile, ceux que je pensais pouvoir sauver. J'ai donc régulièrement fait des allers-retours entre le dôme et l'ex-terre."

"Tu es donc un sauveur, papa ?"

"Non, ma fille, pas un sauveur car il n'en existe qu'Un. Je ne suis qu'un simple passeur."

"Pourquoi refuses-tu d'être un sauveur ? Tu m'as sauvée moi, mais aussi beaucoup d'autres personnes, si je comprends bien."

"Je n'ai sauvé personne. J'ai sorti des gens d'une société dangereuse. Beaucoup sont morts dans cette aventure. Je n'ai sauvé personne. Parmi les ex-terres, tu connais Christian, le prêcheur ? Lui parle du Sauveur. Le seul que la terre ait jamais porté. C'est aussi parce que j'ai foi en Lui que j'ai fait tout ce que j'ai fait. Christian te parlera du Sauveur mieux que moi si tu ressens le besoin de le connaître."

"Papa, j'ai froid. C'est rare que j'ai froid. En général ce n'est pas bon signe. Cela annonce souvent quelque chose de mauvais."

"Mais non. Tu crois que cela annonce quelque chose de mauvais parce que chaque fois que tu as eu froid il s'est passé quelque chose de difficile pour toi. Depuis ta naissance c'est ainsi. La naissance elle-même est un passage du ventre chaud de la mère à l'espace froid du monde. En plus, depuis les transformations de ton corps, tu le sais, le seul endroit où tu es bien c'est dans l'eau. Si tu as froid c'est qu'il est temps que nous nous séparions."

Robert enlace tendrement Lydie et l'embrasse affectueusement.

"Je t'aime ma fille. Allez, plonge !"

Lydie sait que son père ne lui a pas tout dit. Elle non plus, mais elle doit se résoudre à le quitter. Elle plonge avec grâce dans l'eau verte, s'éloigne puis disparaît au loin.

"Je t'aime."

"Ma fille."

Sur la plage privée paradisiaque du dôme n°1 un agent holographique apparaît devant le grand régisseur.
"Votre honneur, un citoyen a été repéré comme dangereux. Sa dangerosité est maximale. Son éradication a été ordonnée par la sécurité du

Grand dôme F. Les services ont estimé devoir vous en informer."

"Dangerosité maximale, dites-vous ? D'accord. C'est rare. Les services ont bien fait de me prévenir. Lorsque le citoyen aura été repéré puis éradiqué, faites le moi savoir. Nous verrons s'il convient d'exécuter aussi quelques citoyens de son entourage."

L'hologramme joint les talons en les claquant et baisse la tête en signe d'acquiescement, puis disparaît.

Le grand régisseur mâchouille nerveusement le bout de son gros cigare. Il n'aime pas ces situations qui fragilisent le plan. D'habitude la dangerosité maximale est déclarée lorsque les ex-ters préparent une mission kamikaze et elle porte toujours sur un groupe d'individus. Il y a bien longtemps qu'elle n'a pas été déclarée. De plus c'est étonnant qu'elle soit déclarée pour un seul homme. Y aurait-il un bug dans le système ?

Il se ressert une coupe de cet excellent ancien champagne.

"Nous verrons cela en temps utile", pense-t'il, en buvant une gorgée.

Chapitre 7 : une invitation au voyage

Le regard délavé de Robert plonge dans l'eau du lac. Pensif et nostalgique, il entend soudain les pas réguliers d'un coureur qui approche.

Il se lève et se tourne pour faire face à celui qui vient.

Un homme à la peau sombre sort du bois, à quelques mètres de lui. Robert s'incline en signe de salut respectueux.

"Bonjour Monsieur Robert", dit le coureur, en stoppant sa course.

Il a un corps athlétique et n'est vêtu que d'un simple short et d'une paire de baskets. Ses cheveux noirs et crépus forment une boule sur sa tête. Il sourit et ses dents d'une blancheur impeccable contrastent avec l'ébène de sa peau. Il se présente.

"Je suis N'djama Denke Sebe Ceni Kumaden, griot messager du peuple. On m'appelle généralement N'djama. Je vous salue humblement."

Sa voix grave semble sourdre des profondeurs de l'ancienne Afrique.

"Je vous salue respectueusement, N'djama", lui répond Robert, selon la formule consacrée.

"Je suis en mission pour vous inviter à rencontrer les Grands délégués du peuple. Ils ont appris votre arrivée et désirent s'entretenir avec vous. Accepteriez-vous de m'accompagner au village de Sainte Fleur, à une centaine de kilomètres d'ici pour les rencontrer ?"

"Je voudrais bien mais je n'aurai pas la force de te suivre sur une telle distance."

"Les Grands délégués ont prévu cela. Ils ont affrété un véhicule pour vous y amener. Il n'a pas pu venir jusqu'ici mais il nous attend tout près, à la Casa de Pépé. C'est à environ un kilomètre. Nous prendrons le temps qu'il faut. En chemin je vous conterai les dernières histoires des villages ex-terres."

"Un kilomètre ? Je peux encore le faire. Je te suis donc avec plaisir".

Robert se lève, jette un dernier coup d'oeil à son cher étang, redescend de son rocher et rejoint N'djama.

Ensemble ils entament le chemin vers la Casa de Pépé. Robert connaît bien ce lieu. Il s'y est rendu maintes fois. C'est à la fois un bar, une épicerie et un lieu de dépravation. Les tentations y sont nombreuses. Robert aime bien l'ambiance excitante qui y règne.

Chemin faisant, N'djama ne cesse de parler. Il raconte à Robert les derniers potins locaux, Il agrémente parfois son discours de références à d'anciennes légendes qui rendent son récit presque magique.

Robert marche lentement avec son bâton en guise de canne. N'djama semble avoir beaucoup de difficultés à suivre la lenteur de son rythme, tant il a l'habitude de courir.

Plusieurs fois, Robert doit s'arrêter pour s'asseoir et se reposer. Au cours d'une pause, un sifflement lointain se fait entendre en direction du lac. N'djama se lève d'un bon et écoute.

"Ce sont des H4. Des motos volantes. Ça vient du coté du lac. Nous devons poursuivre notre route immédiatement", ordonne-t'il avec fermeté.

Robert se relève et ils repartent. N'djama l'invite à presser le pas. Le vieil homme fait ce qu'il peut. Il sait que le but est proche. Il tiendra le coup.

Contrairement à ce que son nom laisse croire, la Casa de Pépé n'est pas une maison mais une grotte, bien cachée dans la forêt. On y entre en passant par un buisson touffu. Qui ne connaît pas cette entrée secrète ne peut pas la trouver.

Aujourd'hui, Robert ne rendra pas visite à son ami Pépé. Il n'en a pas le temps. Une vieille jeep de l'ancienne armée américaine attend stationnée à proximité, moteur allumé. Un jeune homme couvert de tatouages et aux cheveux gras est au volant, prêt à partir.

À peine Robert et N'djama sont-il montés dans le véhicule qu'il démarre sur les chapeaux de roue.

"Evite la piste ! conseille N'djama au conducteur, ils ne sont pas loin".

Le chauffeur roule à vive allure entre les arbres de la forêt. Robert se tient fermement aux montants de la jeep. Plusieurs fois il manque de tomber du véhicule et ne doit son salut qu'à la main ferme de N'djama qui le retient in extremis.

"Je pense qu'on est assez loin, nous allons pouvoir reprendre la route goudronnée", affirme le pilote, avec un fort accent soviétique, après de longues minutes de tout-terrain.

Il bifurque sur la gauche, s'arrête à couvert en bord de piste, et scrute l'horizon et le ciel entre les arbres. Il semble n'avoir rien repéré d'inquiétant. Il enclenche de nouveau la première et redémarre en faisant déraper les roues sur l'herbe du sous-bois.

"On passe toujours le permis de conduire chez les ex-terres ?", demande Robert, taquin

N'djama éclate de rire. Le chauffeur, lui, reste imperturbable et répond le plus sérieusement du monde.

"Oui et je l'ai depuis longtemps. Je l'ai revalidé le mois dernier. Il va falloir vous accrocher parce qu'on est suivis !"

N'djama se retourne et aperçoit quatre motos volantes qui se rapprochent dangereusement, sirènes hurlantes.

"Ici le commandant FA504 des forces spéciales. Je vous ordonne de vous arrêter. Si vous refusez vous serez éliminés", crie une voix amplifiée provenant des engins.

"Ils gagnent du terrain", annonce N'djama.

"C'est normal, répond le chauffeur, ils sont plus rapides que nous".

"Comment allons nous leur échapper alors ?" demande Robert.

"On va déjà les laisser nous rattraper" répond le chauffeur en souriant.

La première moto n'est plus qu'à quelques mètres de la jeep qui roule à vive allure. Robert se cramponne fermement au montant de la voiture.

"Accrochez-vous, je pile", annonce le chauffeur, laissant à peine le temps à Robert et N'djama de crisper de tous leurs muscles, en s'accrochant à ce qui leur tombe sous la main.

Le motard qui les poursuit de près n'a, lui, pas le temps de réagir. Son engin volant vient heurter violemment l'arrière de la jeep et le pilote s'envole dans les airs, avant de retomber lourdement sur le sol à plusieurs dizaines de mètre de là.

"En voilà un qui ne nous embêtera plus", clame le chauffeur, en éclatant de rire.

Il redémarre aussi sec. Les pneus dérapent et la jeep reprend rapidement de la vitesse. Elle fonce droit sur les trois poursuivants restants qui les ont dépassés et ont fait demi-tour un peu plus loin.

Les deux premiers l'évitent de justesse. Le dernier, masqué par ses acolytes, tente au dernier moment de cabrer sa machine pour prendre de l'altitude. Trop tard ! La jeep percute l'arrière de la moto. L'avant rebondi sur le capot. La tête du pilote heurte le montant du pare-brise, se détache du reste du corps et tombe sur le bord de la route.

"Et une décapitation en règle !", annonce le chauffeur, en activant ses essuie-glaces. Il apprécie visiblement ce petit jeu.

Les deux derniers font de nouveau demi-tour un peu plus loin et reviennent en force. Ils ont pris un peu d'altitude pour éviter tout risque d'accident.

Le plus proche, tout en pilotant sa machine, a dégainé un pistolet laser et vise les fuyards.

"Ca va mitrailler", annonce Robert.

Le chauffeur commence à zigzaguer. Le pilote de la moto fait de même.

L'autre poursuivant se rapproche. Bientôt ils seront côte à côte couvrant ainsi toute la largeur de la route.

"Accrochez-vous, on tourne à droite !", annonce le chauffeur.

Juste au moment où retentit le sifflement du laser du motard le plus proche, le chauffeur donne un grand coup de volant sur la droite pour emprunter un petit sentier entre les arbres.

Le tireur, n'a pas le temps de prendre le virage et continue tout droit. Le second arrive à changer de cap au dernier moment.

"Il se rapproche", annonce N'djama.

"T'inquiète, je vais lui jouer un petit tour et comme il est bête, respectueux et obéissant, il va se faire avoir. C'est sûr !"

Le chauffeur met alors son clignotant à gauche et bifurque immédiatement à droite dans un autre sentier.

Le poursuivant, voyant le clignotant et désireux d'anticiper la manoeuvre, tourne brutalement à gauche. Les fuyards entendent un énorme bruit de branches cassées et de bris de verre, accompagnés d'un cri de souffrance atroce.

"Y'avait pas de sentier à gauche", annonce le chauffeur en éclatant de rire.

"Il en reste un", annonce Robert.

"Ouais, mais je ne le vois pas. Il a dû renoncer. On va revenir sur la route", décide le chauffeur.

À l'aide du frein à main, il effectue un rapide demi-tour en dérapage et repart en direction de la route.

À peine ont-il rejoint la piste et fait quelques centaines de mètre qu'il aperçoivent, au milieu de la chaussée, un homme d'au moins un mètre quatre-vingt douze, debout, immobile, arme à la main pointée dans leur direction. Il n'ont aucune issue de secours à cet endroit.

Le chauffeur stoppe la jeep bien avant de l'avoir rejoint.

"On fait quoi ?", demande N'djama.

"Ben, là, je ne sais pas, répond le chauffeur, soit on se rend, soit on fonce au risque d'être tués."

"Ce n'est pas vous qu'il veut, c'est moi, dit Robert en descendant de la jeep, je vais me rendre".

"Monsieur Robert", lance spontanément N'djama.

"Ne t'inquiète pas pour moi, mon ami."

Robert se tourne vers leur poursuivant et s'avance, lentement, péniblement, tête baissée en signe de reddition.

"Vous avez gagné, commandant FA504", annonce-t'il, arrivé à quelques mètres du soldat.

Le militaire sourit et pointe son arme vers Robert.

"Pas encore", déclare t'il.

Un léger sifflement croissant annonce le chargement du pistolet laser. Robert ferme les yeux.

Arrivé à son paroxysme, le sifflement s'arrête. Une seconde passe, puis une décharge de laser se fait entendre.

Robert n'a rien senti. Est-il mort ? Est-ce ça la mort ? juste un instant et rien de plus ? Il rouvre les yeux.

Devant lui, allongé sur le sol, gît le corps du commandant Sylvain.

Derrière le cadavre atterrit une moto. Une silhouette féminine en descend. Elle ôte son casque.

"Carlita ?", s'étonne Robert.

"Elle-même, mon chéri !", répond la femme

"Mais ? Comment ?"

"Ça serait un peu long à t'expliquer mais j'ai récemment rencontré notre fille et mes souvenirs me sont revenus. Quand le commandant m'a ramené dans la bulle et m'a annoncé que je serais jugée pour haute trahison, j'ai compris que ma place n'était plus dans cette société. Je fais partie des troupes d'élite. Je n'ai pas eu de mal à fausser compagnie aux gardes chargés de m'amener en prison. J'ai emprunté une moto et tracé le commandant grâce au GPS et me voilà. Pile au bon moment on dirait, hein ?"

"Oui, répond Robert, encore sous le coup de la surprise, je crois que je dois te remercier. Merci Carlita. Tu vas te joindre à nous maintenant ?"

"Tu sais bien que je ne peux pas. Je suis majeure, pucée et vaccinée", dit-elle en éclatant d'un rire teinté de tristesse.

"Que vas-tu faire, alors ?"

"Je ne sais pas encore. Peut-être attendre. Chercher à retrouver un peu d'humanité."

"Tu es sur la bonne voie".

"Allez, file, avant que je ne change de camp une fois de plus".

Robert, à reculons, regardant cette femme qui autrefois fut sienne, rejoint la jeep et y remonte.

Le véhicule démarre en trombe, passe à coté de Carlita qui le suit du regard et s'éloigne sur la piste.

Robert préfère se taire le reste du trajet.

Après une petite heure de route, ils arrivent en vue d'une montagne couverte de fleurs de toutes les couleurs.

"Le village de Sainte Fleur", annonce N'djama.

"Je connais, répond Robert, il y a bien longtemps que je n'y suis pas venu. Qui se douterait que sous ce splendide paysage grouille toute une civilisation ?"

La jeep s'arrête, une fois les derniers arbres de la forêt atteints. Robert et N'djama descendent. Robert remercie son chauffeur qui ne répond pas, fait un demi-tour vigoureux et repart aussi vite qu'il les a amené là.

"Pas très causant le gars, après ce que nous venons de vivre", lance Robert

"Chacun ses aptitudes", lui répond N'djama.

Regardant l'immense tapis de fleurs qui recouvre la montagne, Robert semble laisser son esprit s'évader.

"Tu as raison, N'djama, tout le monde a un rôle à jouer dans la société, dit-il, et tous les rôles sont importants. Toi, N'djama, ton rôle est capital. Il est devenu impossible de communiquer sainement par la technologie. Tout est surveillé, espionné. Heureusement que ton peuple a gardé le secret de la communication orale et l'énergie nécessaire pour aller de village en village livrer les nouvelles, les messages, alerter, prévenir. Distraire aussi. Ton peuple est aussi ancien que la parole. Peut-être plus. Quand la société des inters c'est développée autour de l'informatique et de la communication virtuelle, elle a perdu l'une des choses les plus importantes, la relation humaine. Heureusement que lors de l'exode les ex-terres ont su accepter que vous repreniez votre vraie place. Vous êtes un lien. Le lien entre les hommes. Tout ce que les inters ont perdu. Merci à toi et aux tiens d'avoir accepté de prendre ce rôle en charge dans la société des ex-terres".

"Merci à vous, Monsieur Robert, d'avoir eu la connaissance, le souvenir et le courage de défendre notre cause. Allons, les Grands Délégués vous attendent."

"Rapport de l'équipe terrestre reçu"
"Mec repéré au bord du lac EXL8".
"Message envoyé à l'équipe terrestre"
"Avertissement"
"Veuillez appeler le fuyard par son matricule"
"Le terme "mec" est interdit".
"Avertissement déclaré dans la fiche du commandant FA504"
"Procédure d'élimination engagée"
...
...
...

Chapitre 8 : bicéphale

Robert s'enfonce de nouveau dans une entrée de tunnel bien dissimulée dans la forêt. N'djama l'accompagne, silencieux.

Après quelques minutes de marche lente, ils sont accueillis par un garde armé.

"Halte ! Qui va là ?"

"Bonjour garde. Je suis N'djama Denke Sebe Ceni Kumaden, griot messager du peuple. Je vous salue humblement. Je suis accompagné du passeur Robert qui est convoqué par les Grands Délégués du peuple. Je dois l'accompagner à leur rencontre à la maison du conseil local."

Le garde s'incline et accueille les nouveaux arrivants.

"Je vous connais N'djama et vous aussi Monsieur Robert. Recevez mes respects et soyez les bienvenus au village de Sainte Fleur."

N'djama et Robert le gratifient d'un salut de tête respectueux puis s'avancent vers une immense salle souterraine. La lumière qui éclaire le lieu provient du soleil. Elle s'engouffre par de multiples ouvertures au plafond de la grotte et se réfléchit sur un ingénieux système de miroirs qui se la renvoient des uns aux autres. Cela donne à l'endroit un aspect magique.

Un réseau de chemins dessert diverses alcôves ayant chacune un rôle bien précis. Ici une habitation, là un commerce, là encore une administration.

De nombreuses personnes vaquent à leurs occupations. Certains travaillent pendant que d'autres se promènent. Des personnes plus âgées se reposent sur des bancs de pierre au bord des chemins.

Robert ressent une grande joie. Il se retrouve parmi les siens, les ex-terres. Ils semblent avoir réussi à remettre une forme d'ordre dans le chaos qu'il a connu à l'époque de l'exode.

"L'Homme est grand quand il s'aime", pense-t'il.

N'djama le précède sur le chemin pour le conduire vers une grande alcôve de la grotte, devant laquelle il s'arrête.

À l'intérieur deux personnes attendent.

L'un est grand et se tient droit. Il a une bonne soixantaine d'années, porte le cheveu court et son regard indique une certaine fermeté. Il est vêtu d'un costume sombre.

L'autre, plus petit, est bien moins apprêté. Il semble un peu plus jeune. Plus près de la cinquantaine. Il est légèrement voûté, ébouriffé, habillé d'un pull-over rouge et d'un jean. À ses pieds, des baskets usées baillent, laissant apparaître des orteils à peine entretenus.

"Soyez le bienvenu, Monsieur Robert. Il y a bien longtemps que nous ne nous somme plus revus. Vous nous avez manqué", lance le plus grand, d'une voix forte et ferme.

"Monsieur Georges, Monsieur Jacques, je vous présente mes salutations les plus respectueuses. Que me vaut l'honneur de votre invitation ?"

Les deux répondent presque simultanément.

"Quelques questions diverses", affirme l'un, tandis que l'autre déclare : "L'envie de vous voir."

Les deux se dévisagent, le grand d'un air réprobateur et le plus petit avec un sourire malicieux.

La situation amuse beaucoup Robert pendant que N'djama étouffe un éclat de rire difficile à contenir.

Ne laissant pas le temps à son acolyte de reprendre la parole, Georges, le plus grand des deux, poursuit :

"Entrez donc, Monsieur Robert, allons nous asseoir autour d'un bon verre de vin rouge. Je crois que vous affectionnez particulièrement ce breuvage, n'est-ce pas ? Nous vous avons réservé une excellente bouteille."

Robert pénètre dans l'alcôve joliment meublée dans un style hétéroclite.

"Permettez que je prenne congé car d'autre missions m'attendent", leur lance N'djama, en arborant un léger rictus. Il aura une nouvelle anecdote comique à raconter lors de ses séances publiques d'information dans les autres villages.

"Merci, N'djama", répondent en coeur Georges, Jacques et Robert, avant de prendre place autour d'une grande table en bois brut.

La meilleure chaise, celle avec un épais rembourrage et recouverte d'un magnifique tissus en velours rouge, a été réservée pour Robert. Quel honneur !

Jacques, l'ébouriffé, se saisit sans ménagement de la bouteille de vin rouge qui trône sur la table, sous le regard réprobateur de Georges, le grand sec. Il sort de sa poche un couteau multifonction et, à l'aide du tire-bouchon, découpe la capsule qui enserre le goulot. Georges bout intérieurement devant ce manque de délicatesse. Jacques ouvre la bouteille et en sert un grand verre à Robert, puis à Georges. Il remplit ensuite au trois quart le sien, pose la bouteille et porte un toast en lançant un "À la vôtre !", avant d'avaler la moitié du verre. Georges est au bord de l'apoplexie. Pour ne pas focaliser sur le désolant spectacle de son acolyte sans-gêne, il détourne son regard et s'adresse à leur invité.

"Cher Monsieur Robert, je suis très heureux de vous voir en pleine forme. Nous vous avons demandé de venir car nous rencontrons un problème que nous voudrions vous soumettre.

Il y a de nombreuses années, vous le savez, au moment du grand exode, ceux qui refusaient les décisions du pouvoir en place se sont exilés et dispersés en dehors des dômes. Livrés à eux-mêmes, perdus et sans repères, ils se sont débrouillés comme ils ont pu pour survivre. Ce fût une période de chaos dans le monde."

Soudain, N'djama revient précipitamment.

"Messieurs, messieurs, le garde à l'entrée a été tué", s'exclame-t'il, oubliant toutes les règles de bienséance.

"Tué ? s'étonne Jacques, Comment ça ?".

"Quand je suis reparti il n'était plus à son poste. Je l'ai cherché et j'ai retrouvé son corps dans sa guérite. Il a été étranglé. Il porte une trace autour du cou, comme si on l'avait étranglé avec un ficelle."

"N'djama, annonce Georges solennellement, je vous demande de bien vouloir prévenir notre police. Demandez leur de faire une enquête. Demandez leur également de retrouver l'auteur de ce crime le plus rapidement possible. Enfin, demandez leur de nous envoyer une équipe de protection pour Monsieur Robert, on ne sait jamais."

"Oui, Monsieur Georges, je m'y rends immédiatement", répond N'djama en repartant en trombe.

"Mais qui peut bien tuer quelqu'un ici, chez les ex-terres ? se questionne Jacques, c'est ignoble ! Indigne d'un ex-terre !"

"L'auteur n'est peut-être pas un ex-terre, Jacques, explique Robert, nous avons été poursuivis, pourchassés en venant ici. Des inters ont peut-être pénétré dans le village des fleurs."

"Je n'espère pas", conclut Jacques.

Un peu inquiet, Georges reprend malgré tout son exposé.

"Continuons si vous le voulez bien. Vous, Robert, avez passé beaucoup de temps et d'énergie à acquérir le respect de tous par votre écoute, vos conseils, bref votre sagesse. Vous avez fédéré les nombreux groupes autour du dôme principal et cela a fait boule de neige et s'est répandu très largement dans le monde. Vous nous avez conseillé d'établir des règles, une hiérarchie et un mode de gestion du monde des ex-terres pour parvenir à une vie harmonieuse. L'idée était bonne.

Vous avez proposé que les ex-terres désignent leurs délégués avec pour mission de prendre les décisions nécessaires au bon déroulement de cette nouvelle société.

Fort de votre longue expérience et de toutes vos déceptions vis-à-vis de l'ancien monde, vous nous avez conseillé de procéder à des élections auxquelles pouvaient se présenter tous les candidats qui le désiraient. Vous nous avez proposé de faire un premier tour de scrutin duquel sortiraient un, deux ou plusieurs candidats représentatifs. Tout candidat obtenant plus de vingt-cinq pourcent des voix, bulletins blancs et nuls compris, était considéré comme représentatif.

Vous nous avez conseillé de considérer l'élection comme nulle si les bulletins blancs et nuls étaient majoritaires. Dans ce cas les candidats en lice devaient être considérés comme illégitimes et inéligibles pour cette élection. D'autres candidats devaient alors se proposer.

Si au premier tour un seul candidat obtenait vingt-cinq pourcent des voix. Il était automatiquement désigné comme délégué et un deuxième tour était organisé pour désigner un deuxième délégué, celui qui obtenait le meilleur score.

Si, au premier tour, plus de deux candidats obtenaient chacun au moins vingt-cinq pourcent des voix, un deuxième tour était également organisé, à l'issue duquel les deux candidats ayant obtenu les meilleurs scores étaient alors désignés comme délégués.

Vous avez, de plus, proposé que les candidats élus au premier tour soient nommés pour cinq ans du fait de leur grande légitimité aux yeux des ex-terres. Par contre si un deuxième tour était nécessaire, les Grands Délégués l'étaient pour seulement deux ans, temps nécessaire pour qu'il trouvent grâce aux yeux des ex-terres, avant une nouvelle élection permettant de confirmer ou d'infirmer leur légitimité.

Selon vous, une délégation bicéphale, comme vous l'avez vous-même appelée, était la meilleure garantie d'un bon fonctionnement de la société, l'assurance de la prise en compte d'une réelle majorité et de la satisfaction des ex-terres. Elle assurait également l'équité des décisions qui devaient obligatoirement obtenir l'acquiescement des deux délégués.

En cas de désaccord insoluble entre les deux délégués, vous avez proposé que la décision finale soit soumise aux ex-terres par la mise en place d'un référendum.

Vous avez également proposé la mise en place d'un conseil constitué de tous les candidats aux élections et de délégués des ex-terres, choisis par eux. Sa mission est d'étudier les propositions des délégués et d'en juger le bien-fondé par rapport aux attentes du peuple, et de faire remonter les doléances recueillies par les griots dans les villages. À ce titre, vous avez eu raison de redonner à ces messagers l'importance qu'ils méritent.

Nous avons appliqué cela pendant de nombreuses années et cela fonctionne très bien. Le peuple est très satisfait de ce système et nous vous remercions.

Nous venons de renouveler récemment ce scrutin pour désigner nos remplaçants et nous avons rencontré plusieurs problèmes.

Il apparaît d'un part une désaffection des électeurs, d'autre part il en découle qu'aucun candidat n'a dépassé dix pourcent des voix. Les ex-terres semblent être arrivés à un niveau de satisfaction et de bien-être qui provoque, chez eux, un désintérêt pour la politique.

Nous avons donc, cher Robert, deux questions.

Premièrement, sommes nous, Jacques et moi, légitimes pour poursuivre la délégation qui nous a été confié ?

Je dois ajouter que depuis quelques temps Jacques et moi avons quelques désaccord sur les buts à poursuivre et les moyens à mettre en oeuvre pour gérer au mieux notre société.

Deuxièmement, comment faire prendre conscience aux ex-terres de l'importance de ces élections ?"

Robert réfléchit un instant en sirotant son verre de vin.

Dans un coin de la pièce, une silhouette vêtue de noir s'est infiltrée discrètement, profitant de la concentration des protagonistes. Elle observe et écoute sans bruit, tapie dans l'ombre.

Après avoir avalé une dernière gorgée de vin Robert répond.

"Si les ex-terres sont satisfait et que cela les pousse à déserter les urnes, c'est bien. Cela signifie que vous avez bien rempli votre mission. En effet, la politique doit être au service du peuple et non le contraire comme dans les derniers temps avant la grande épidémie.

Les griots vous ont-ils fait remonter des doléances ces temps ci ? Non ? Ce que le peuple vit lui convient.

Cela fait maintenant cinq ans que vous avez été élus délégués. Après cinq années d'exercice, si les ex-terres avaient des reproches à vous faire, ils auraient voté pour d'autres. Vous êtes donc implicitement légitimes à poursuivre votre délégation jusqu'à ce qu'une demande de changement soit exprimée par les ex-terres. Tous les deux !

Je dis bien "tous les deux". En effet je vous connais assez bien.

Vous, Georges, êtes carré et pensez ordre, discipline, fonctionnement. Vous décidez beaucoup avec votre cerveau. Tout est calculé, vous anticipez, vous chiffrez, vous évaluez puis vous décidez.

Vous, Jacques, vous êtes plus instinctif. Vous pensez d'abord au peuple, à son bien-être. Vous décidez puis, face aux difficultés de mise en place de vos décisions, vous adaptez.

C'est votre collaboration, difficile je n'en doute pas, et vos différences qui font votre force, votre efficacité, le bien-être du peuple et, par conséquence malheureuse, sa désertion du scrutin."

Jacques écoute à peine. Il est plus préoccupé par son verre presque vide que par l'explication de Robert à la cause duquel il est pleinement acquis par avance. Robert poursuit.

"Vous, Georges, vous pensez société. Vous Jacques, vous pensez humain. La société est faite d'humain et les humains font vivre la société. Ces deux approches sont respectables mais c'est leur conjugaison et leur équilibre qui est juste.

Bien évidemment il vous est difficile de vous mettre d'accord. Mais j'ai proposé ce système bicéphale justement pour prendre en compte le plus souvent possible ces deux aspects. Cette difficulté vous contraint et cette contrainte est positive, constructive. Vous devez systématiquement penser société ET être humain sans favoriser ni l'un, ni l'autre.

L'homme est ainsi fait que depuis des siècles il cherche le pouvoir, la possession, la reconnaissance. Il a, et c'est très naturel, des aspirations personnelles qui ne sont pas toujours en adéquation avec celle du groupe.

Ce qui se passe chez les inters en est une preuve évidente. Eux ont un seul dirigeant, qu'ils appellent Grand Régisseur.

Il n'est plus élu mais désigné par un système automatisé, informatisé, qui a la faculté d'analyser à l'aide d'algorithmes celui qui a le plus de chances de prendre la suite du précédent. Il n'a pratiquement aucun pouvoir réel si ce n'est celui d'être protégé par les machines qui l'ont désigné. Car ce sont bien les ordinateurs qui dirigent tout. Lui a pour rôle de représenter l'autorité sous l'aspect humain car l'Homme ne peut pas accepter d'être dirigé par autre chose que par l'Homme. En échange de cette représentation, les machines lui assurent une vie de richesse et de plaisir total. Elle lui font même croire que c'est lui qui dirige en lui laissant une petite marge de manoeuvre qui flatte son ego. Il peut donner quelques ordres à la machine qui les respecte ou pas selon qu'ils concordent avec les algorithmes décisionnaires et il dispose également de forces humaines qu'il croit gérer mais qui sont aussi, en réalité, sous le contrôle de la machine.

Le pouvoir humain, centralisé sur quelques hommes, puis sur un seul, a, au fil du temps, amené les décideurs à accorder de plus en plus d'importance aux ordinateurs qui ont fini par les contrôler sans qu'ils ne s'en aperçoivent.

Avec une direction bicéphale, la prise de contrôle de l'humain par la machine est amplement minimisée.

D'autre part, chez les inters, l'être humain est réduit à l'état de zombi décérébré obéissant. L'humain a fait de la machine un être pensant et l'ordinateur, une fois au pouvoir, a transformé l'Homme en machine. Les humains n'expriment plus leurs envies ni leurs besoins. Ils n'en ont plus. La machine les anticipe et les satisfait avant même que l'Homme n'ait à les exprimer. Si elle ne peut pas y répondre, elle les interdit ou les fait disparaître à l'aide de la chimie.

Là encore, la direction bicéphale empêche cette prise de contrôle de l'humain et préserve à la fois son libre arbitre et sa place centrale dans la société.

Si vous étiez seul à décider, Georges, que feriez-vous aujourd'hui ?"

Georges, surpris par cette question inattendue, réfléchit un instant.

"Je ne sais pas. Je mettrais en place nombre de lois que nous n'avons pas pu développer à cause des conflits qui nous opposent Jacques et moi."

Robert, souriant, lui répond instantanément.

"Vous ne les avez pas mises en place à cause de vos conflits personnels. Très bien. Etaient-elle nécessaires ? Non ! Pourquoi dis-je cela ? Parce que sans elles, le peuple des ex-terres semble vivre bien au point d'être satisfait et de ne plus voter. Que vous auraient apporté ces lois ? Pouvoir ? Puissance ? Possessions ?"

George, la tête baissée, préfère se taire.

"Et vous, Jacques, que feriez-vous aujourd'hui si vous étiez seul à décider ?"

Jacques, en train de contempler son verre vide, l'air désolé, se redresse pour affirmer d'un ton ferme.

"Je chercherai à m'approcher le plus possible d'une forme d'égalité entre les ex-terres, que ce soit dans le mode de vie, le travail, les revenus, etc."

Robert, sourit de nouveau et reprend la parole.

"Vous voulez l'égalité pour tous. C'est beau. Vous voulez ce que vous appelez l'égalité. Cette notion est très personnelle. Vous êtes vous demandé si c'est ce que veulent les ex-terres ? A priori, il n'en veulent pas, sinon ils auraient voté pour changer leur sort et ils ne l'ont pas fait. Ne pensez vous pas que pour eux le plus important n'est plus la situation professionnelle ou financière mais plutôt une forme de liberté dans le respect de chacun ?

L'un et l'autre avez vos propres aspirations pour le peuple, et les ex-terres ont également leurs attentes. C'est pas le système en place que chacun y trouve son compte et accepte les idées des autres.

Bien que désagréables pour vous, vos conflits sont nécessaires au bon déroulement de votre mission, faute de quoi vous sombreriez dans les anciens travers du monde.

Je suis désolé, messieurs, mais il va falloir assurer tous les deux la suite de l'histoire des ex-terres ou bien démissionner ensemble de vos postes.

Si vous retrouvez un peu d'humilité, et je pense que vous pouvez, quand je vois l'accueil que vous m'avez réservé, vous ferez fi de vos querelles, laisserez de coté vos intérêts personnels et poursuivrez votre mission pour le bien de ceux qui vous font confiance."

Son discours terminé, Robert se tait et baisse la tête. Il semble réfléchir.

Georges s'apprête à prendre la parole puis se ravise, voyant Robert prendre une inspiration. Il a encore quelque chose à dire et ce doit être important.

"Mes amis, vous m'avez écouté religieusement. Je vous en remercie. Prenez le temps de la réflexion. Parlez-en entre vous. Si vous le désirez, je veux bien être présent, à l'écoute, lorsque vous chercherez votre solution. Par contre j'apprécierais énormément..."

Robert fait une pause. Georges et Jacques sont suspendus à ses lèvres. Un sourire apparaît au coin des lèvres de Robert. Il termine sa phrase.

"... un autre verre de vin. Il est très bon et j'ai soif."

Tous trois éclatent d'un rire franc et se re-servent allègrement.

La porte d'entrée claque, faisant sursauter les trois amis.

Personne n'est entré. Tous trois se précipitent à l'extérieur pour voir qui vient de sortir.

Personne !

"Analyse du lieu terminée"

"Manque de précisions du rapport de l'équipe terrestre."

"Y'a peu de chance qu'on l'ai eu : estimation trop imprécise."

"Equipe terrestre, donnez un pourcentage de réussite ou d'échec s'il vous plaît"

"Pourcentage de réussite de la mission estimé à un pourcent."

"Pourcentage trop faible"

"Poursuivez les recherches en vue de l'élimination du danger".

"Equipe terrestre, confirmez."

...

...

"Equipe terrestre, confirmez."

...

...

...

"Equipe terrestre, confirmez le contact."

"Déclinez votre identité."

...

...

...

"Emetteur distant détruit."

...

...

...

Chapitre 9 : mise au point

Robert a obtenu une faveur de Georges et Jacques : bénéficier des réseaux de communication hertzien des ex-terres pour faire un discours et annoncer une information importante. Bien qu'il n'ait pas voulu donner de plus amples détails aux deux délégués, ceux-ci ne pouvaient pas refuser ce service à un si grand homme.

Ainsi, que le lendemain, Robert se tient sur la grand place du village de Sainte Fleur. Plusieurs centaines d'ex-terres attendent, certains habitants là, d'autres venus des villages voisins. Derrière de vieilles caméras désuètes, des techniciens se tiennent prêts à enregistrer ce moment, qu'on leur a annoncé comme historique. Deux camions régie ont été installés à proximité, sans que personne ne puisse dire par où ils avaient pu passer pour entrer dans cette ville souterraine. L'ambiance est alourdie par le silence et la présence des policiers ex-terres omniprésents sur la place. Seuls quelques chuchotements et les instructions des techniciens viennent troubler la solennité de l'instant.

"Antenne dans deux minutes", annonce l'un d'eux.

Georges et Jacques accompagnent Robert, sous escorte policière, vers l'estrade installée à la hâte pour l'occasion.

"Si vous le permettez, je vous présenterai aux spectateurs avant votre allocution", propose Georges.

"Ce ne sera pas la peine", lui répond Robert.

"Alors, je me permettrai de la conclure", tente le grand délégué.

"Non plus !"

Le ton est ferme. Georges, déçu, préfère ne rien ajouter. Son ego en a pris un coup mais il ne peut pas en vouloir à Robert. De toute façon, il a déjà négocié en secret avec les chaînes de télévision pour que son nom soit cité en toutes lettre dans le générique comme initiateur de l'émission.

Robert est maintenant devant le pupitre et les micros. La foule est impressionnante, vue de haut.

Le technicien de la télé se fait de nouveau entendre d'une voix forte : "Antenne dans dix secondes, neuf, huit, sept, six, cinq, quatre, trois, deux, un, antenne !"

Robert prend une grande inspiration. Son visage ridé arbore un sourire un peu forcé. Il se sent nerveux.

"Mesdames, mesdemoiselles, messieurs, bonjour.

Certains d'entre vous me connaissent, d'autres ont entendu parler de moi ou considèrent mon existence comme une légende que l'on raconte aux enfants.

Chez les inters je suis le citoyen X6504041. Chez vous, chez nous, je suis Robert. Monsieur Robert pour beaucoup. On m'a donné bien des surnoms, l'initiateur, le premier ex, le passeur, etc. Aujourd'hui, les inters m'appellent sûrement le renégat. Hier, j'ai définitivement quitté leur monde."

Le public applaudit, d'abord timidement, puis de plus en plus fort. Robert sourit et attend un instant que la ferveur retombe.

Dans un coin sombre de la place, une silhouette écoute attentivement. Elle sort de sa poche un petit appareil et actionne un bouton. Un larsen strident retentit dans les enceintes. La silhouette appuie de nouveau sur le petit bouton de son appareil et le larsen s'arrête.

"Permettez, chers amis, que je vous rappelle un peu l'histoire car il est important de ne jamais oublier.

L'histoire est souvent cyclique. Ce qui a eu lieu hier peut se reproduire demain. L'oubli accélère les cycles, la mémoire les ralentit et peut, parfois, les faire disparaître.

Je sais que vous, les ex-terres, avez à coeur, depuis près de trois générations, de transmettre la mémoire du passé, je vous en félicite et vous en remercie.

Néanmoins le temps passe et il arrive que les plus jeunes portent de moins en moins d'intérêt aux histoires anciennes. Ce sont pourtant eux, les jeunes, qui ont le plus d'intérêt à se souvenir, car c'est leur oubli qui peut causer le retour d'un cycle d'histoire et, malheureusement, souvent le pire.

Il y a maintenant un peu plus de soixante dix ans, nous vivions autrement. La société était découpée en continents, pays, régions, villes. Chaque pays avait un gouvernement, chaque ville un maire. Il y avait plusieurs façon de diriger. Certains le faisaient de façon autoritaire, d'autres de façon libérale. Certains donnaient de l'importance aux personnes, d'autres aux entreprises, d'autres encore à la nature.

Les Grands Délégués étaient censés représenter le peuple, mais ils l'avaient oublié depuis longtemps. Leurs intérêts personnels, leurs besoins de pouvoir, de puissance, avaient pris le pas sur le reste. Ils avaient fondé des structures soi-disant représentatives du peuple, les partis, qui s'opposaient en permanence au lieu de partager leurs idées.

Lorsque le peuple manifestait son mécontentement, souvent par le biais des élections, parfois par des manifestations, on voyait apparaître de nouveaux courants, de nouveaux partis, portés par de nouvelles idées et le système perdurait tant bien que mal. Mais aucun ne portait réellement la volonté et les aspirations du peuple. Chacun créait un programme et le peuple y adhérait parce que, dans celui-ci, quelques idées correspondaient à ses attentes. Ainsi, le peuple se morcelait, se divisait.

L'évolution de la société, la consommation, les grosses sociétés, les medias, les nouvelles technologies, favorisaient également l'individualisation, l'appauvrissement de l'intelligence, la vision à court terme, en un mot la perte des repères sociétaux et humains nécessaires à une vie harmonieuse.

Et puis, un jour, il y a eu la grande épidémie. Quelle aubaine pour les gouvernants ! Le meilleur moyen de contrôler un peuple est d'utiliser la peur. Et notamment la peur de la mort.
Lorsqu'elle est apparue, les citoyens, déjà très individualistes, ont perdu le peu qui leur restait d'humanité. C'en était fini de la notion de fraternité.

Ils sont devenus tout d'abord des chiffres, des pourcentages, des statistiques. Le gouvernants ont bien compris que les chiffres ne parlent pas mais qu'en les présentant bien, ils font peur. Ils ont donc utilisé cela pour effrayer la population.

Une fois apeuré, le peuple était prêt à accepter toute les solutions qui se présentaient à lui pour éviter une soi-disant mort atroce. Les gouvernants ont donc pu faire passer les lois qu'ils désiraient, qu'elles aient ou non un lien avec la situation sanitaire.

Forts de leur pouvoir, les gouvernements ont alors proposé d'injecter aux citoyens un produit censé protéger de cette épidémie. Il n'y avait aucune obligation mais ceux qui refusaient était simplement privés de certaines libertés.

Il s'est alors créé deux clans, les pros et les antis, traités différemment. Les pros avaient des droits que n'avaient plus les antis. C'en était fini de l'égalité.

Bien que ce traitement, présenté comme expérimental, présentait un certains nombre de risques, beaucoup l'ont reçu volontairement, d'autres se sont résignés pour pouvoir continuer leur vie antérieure. Il y a eu des morts et ceux qui ont survécu se sont vus imposer de plus en plus de règles les privant à terme de leur liberté. Pire, ils ont même perdu leur libre arbitre.

Liberté, égalité, fraternité, la devise de mon pays venait d'être réduite à néant en peu de temps.

C'est à ce moment là que certains, dont j'ai fait partie, se sont réveillés et ont refusé ce qui se passait.

Au départ, nous avons formé des petits groupes vivant de façon alternative, en marge de la société. Certains revoyaient même complètement leur mode de vie, leur habitation, leur alimentation. Ce qui nous liait, à cette époque, reposait sur d'anciennes valeurs oubliées depuis trop longtemps : le respect, le partage, l'entraide, la liberté au sein du groupe. Nous retrouvions les véritables bases de la vie en société.

Nous avons tenté de manifester, sur que le peuple allait se réveiller. Mais il était trop tard, le peuple était définitivement soumis. Les gouvernants nous ont opposé la force brutale. Certains d'entre nous ont été mutilés dans les affrontements. Certains y ont même perdu la vie.

Nous n'étions pas des combattants. Nous rêvions d'une vie simple, douce et harmonieuse. Nous n'avons eu d'autre choix que de nous extraire définitivement de la société.

Les lois se sont enchaînées, toutes plus liberticides les unes que les autres. La mondialisation, tant redoutée auparavant, est apparue avec son lot de dépersonnalisation à outrance, d'esclavage, de pauvreté. Pour des raisons économiques, sanitaires et sécuritaires, les mégapoles se sont entourées de bulles artificielles, aseptisées, soi-disant inviolables. Chacune avait un rôle bien défini, ici la technologie, là l'alimentation, là encore la médecine, la chimie, les drogues etc.

L'ordinateur a remplacé l'Homme dans toute la gestion, la production. L'intelligence artificielle s'est développée et la machine, petit à petit, a remplacé l'humain. Il ne reste, aujourd'hui, au dessus d'elle qu'un seul homme, le grand régisseur, le maître du monde.

Après avoir piraté le système informatique, j'ai réussi à rester dans la mégapole voisine jusqu'à hier.

J'ai pu observer les effets des injections. J'ai vu, entre autres, des morts à foison, l'apparition de nouvelles maladies, des transformations physiques et mentales, une baisse importante de la natalité. Comme le voulait le projet initial, la population s'est adaptée automatiquement à la capacité des bulles.

J'ai essayé, notamment au tout début, d'aider les quelques hésitants, injectés ou non, à sortir des bulles. Ce n'était pas facile car il existait, dans l'injection, un nano-processeur, utilisé pour localiser et contrôler les individus. Il fallait le neutraliser avant de sortir. Heureusement que mes connaissances technologiques, notamment en informatique, ont pu être utiles à ce moment là. C'est ainsi qu'est née la légende de Robert le passeur. Pourtant vous n'êtes qu'une petite vingtaine à avoir bénéficié de mes services."

Robert, stoppe son discours. Il a l'air pensif.

De son poste d'observation, la silhouette sombre ressort son appareil de sa poche et l'active de nouveau, ce qui a pour effet de provoquer un nouveau larsen dans les enceintes. L'appareil est de nouveau éteint rapidement. Les policiers sont en alerte.

Jacques s'approche de Robert et lui pose la main sur l'épaule. Robert, sans s'en rendre compte, sort de sa rêverie et reprend instantanément comme s'il était en transe.

"Les premiers temps, les ex-terres vivaient en mode survie. Il y avait beaucoup de petits groupes dispersés sans règles. Tous avaient une vision à court terme de l'avenir.

Certains groupes consommaient des drogues pour supporter les difficultés du quotidien. D'autres mettaient en place un système de vol en utilisant la violence pour satisfaire leurs besoins. D'autre encore essayaient d'organiser le travail collectif pour subsister. Chacun faisait ce qu'il pouvait en fonction de ses capacités.

Il m'a fallu rencontrer chaque groupe au niveau local puis voyager un peu plus loin, puis encore plus loin, pour essayer de vous convaincre de la nécessité de mettre en place un nouveau mode de vie en société basé non pas sur des règles venant d'en haut mais de vous, de trouver des accords. Bref de retrouver les valeurs d'une vraie vie sociale. Et vous avez majoritairement accepté. Je dois, aujourd'hui, vous féliciter pour votre adhésion à ce projet.

Je me souviens d'un ancien homme politique qui avait convaincu le peuple de voter pour lui en criant hystérique "parce que c'est votre projet !" alors que c'était juste le sien. Vous, vous avez bâti, vous-même, votre propre projet. Quelle belle réussite !

Vous avez redécouvert d'anciens savoirs. Vous avez partagé tous vos savoirs. Vous avez mis en place un système d'échange de services. Vous avez aidé tous ceux qui en avaient besoin sans rien demander en échange. Vous avez créé des lieux d'apprentissages, de production, de loisirs. Vous avez créé un nouveau système politique avec une vraie représentation et une vraie prise en charge des besoins de chacun. Vous avez créé une société presque parfaite.

Vous avez réalisé mon rêve."

Robert s'arrête de nouveau. Une larme coule sur sa joue. C'est une larme de joie. C'est évident.

"Hier, j'ai eu cent vingt quatre ans. Personne ne m'a souhaité mon anniversaire mais ce n'est pas grave. Ce qui se passe aujourd'hui est bien plus important.

Un jour, un oracle m'a prédit que je mourrais à cent vingt quatre ans et un jour, entouré de nombreuses personnes. Que ce serait un grand jour pour tous. Que ce serait l'occasion de corriger un oubli de ma part. Il a ajouté que ce serait la fin d'un monde et le début d'une nouvelle ère.

S'il a dit vrai, c'est donc aujourd'hui.

Il est vrai que je suis fatigué. Heureux mais fatigué.

J'ai longtemps réfléchi à ce que je pouvais avoir oublié de vous transmettre. Je crois savoir aujourd'hui.

Ensemble nous avons beaucoup réfléchi à tout ce qui était nécessaire à la vie quotidienne. La nourriture, le travail, l'habitation, les infrastructures, la transmission, l'information, la technologie, les relations humaines, les règles de vie etc. Il y a un point que nous n'avons jamais abordé, la foi, la croyance en un être supérieur qui régit tout ce que nous vivons.

J'ai ma propre foi et je sais que certains et certaines d'entre vous ont aussi la leur. C'est un domaine très personnel, intime. Loin de moi l'idée de vous convertir à Celui en qui je crois. Sachez juste qu'il est important de croire. Sans la foi, les actes ne sont rien. Tout ce que j'ai fait dans ma vie est basé sur ma foi et aujourd'hui, en voyant tout ce que vous avez fait sur mes conseils, je suis fier de croire parce que je suis fier de vous.

Si l'oracle ne s'est pas trompé, aujourd'hui est un jour important et celui de la correction d'une erreur pour moi.

Je dois donc partir. Rejoignez moi sur les bords du lac des vouivres. Je vous donne rendez-vous dans deux heures pour mon dernier message."

Dans le silence assourdissant de la foule réunie, Robert se retourne et redescend lentement de l'estrade.

Tapie dans l'ombre, l'intrus profite de la fin du discours pour allumer une troisième fois son appareil et provoquer un nouveau larsen. Deux policiers, tout proches, l'ont repéré et lui sautent dessus. "À mort les exters ! À mort Robert !" Répète l'intrus d'une voix forte et insistante. Un des policiers arrête l'appareil en appuyant sur le petit bouton.

Rapidement un chef de la police s'approche de Georges et lui murmure quelque chose à l'oreille.

Georges revient vers Robert et Jacques puis leur annonce :

"On a attrapé un suspect pour le meurtre du garde. Il était équipé d'un détonateur qui s'est enrayé. Nous avons trouvé une bombe sous la tribune mais par chance elle ne s'est pas déclenchée ! C'est sûrement un coup du mouvement terroriste AntiEx."

Robert, las et pensif, soupire et demande :

"Georges ? Jacques ? pourriez-vous me faire conduire au lac s'il vous plaît ? Et m'accompagner, bien sur !"

"Evidemment", répond Jacques.

"Message reçu du H-333 envoyé ."

"Activité signalée en sous sol par notre agent spécial."

"Coordonnées GPS transmises."

"Risque de destruction humaine massive."

"Demande d'autorisation au Grand Régisseur."

...

...

...

Un hologramme apparaît sur la plage privée du Grand Régisseur

"Monsieur ? Le citoyen X6504041 a été repéré en sous sol. La probabilité qu'il se trouve dans un lieu de vie peuplé est grande. Sa destruction risque de provoquer l'élimination de nombreux humains. Votre ordre est nécessaire.

...

...

Le grand régisseur arbore un sourire sadique.

...

...

"Moi, Grand Régisseur, j'ordonne l'extermination du citoyen X6504041, de tous ceux qui se trouvent avec lui et de tout les cas contacts repérés dans les fichiers."

...

...

"Message reçu. Extermination déclenchée."

...

...

Chapitre 10 : fin ?

Robert a de nouveau bénéficié des services de la jeep et de son chauffeur. Il est de retour au lac des vouivres. L'eau est calme. Il sait que Lydie flotte quelque part entre deux eaux. Tout le peuple du village de Sainte Fleur a suivi Georges et Jacques, et ils ont rejoint Robert pour son dernier voyage.

Les techniciens de la télévision se sont munis du matériel mobile pour couvrir l'événement. Un journaliste se tient à proximité, un micro à la main. Robert lui fait signe d'approcher.

"Votre micro permet-t'il de parler à toutes ces personnes ?"

Le journaliste fait un signe à sa régie mobile.

"Maintenant, oui."

Robert le remercie d'un signe de tête.

"Mes amis, je vous remercie d'être tous venus.

Je vous l'ai dit, d'après l'oracle, aujourd'hui est la fin d'un monde et le début d'une nouvelle ère. Si je ne me trompe pas, vous ne retournerez pas au village de Sainte Fleur. Il va bientôt être entièrement détruit, mais rassurez-vous, vous ne perdrez pas au change car les bulles seront votre nouveau territoire.

Cela peut vous paraître étrange mais dans quelques heures vous aurez accès à ces lieux où vous trouverez confort et technologie. Et vous y serez libres comme dans le reste du monde.

Le spectacle d'un vieil homme mourrant n'est pas beau, croyez moi. Je vais vous demander de vous disperser dans la forêt et de rester le plus discrets possible. Il en va de votre survie.

Vous saurez quand revenir. Faites moi confiance, une dernière fois.

Merci."

Hésitants et ne comprenant pas très bien ce qui se passe, les personnes présentes tardent à se disperser. Robert sourit. Il sait qu'ils vont bientôt se précipiter dans les bois.

Au loin, une série de détonations retentit, créant un vent de panique dans la population présente qui disparaît rapidement dans la végétation.

Robert s'allonge sur son rocher fétiche. Il contemple le ciel parfaitement bleu à travers la frondaison. Il sent la vie qui le quitte peu à peu. Son souffle, calme, ralentit puis disparaît. Comme l'avait prédit l'oracle, il est mort. Simplement mort.

Un drone H-333 survole le lieu une première fois, fait demi-tour, repasse puis revient en vol stationnaire au dessus du rocher. Un rayon rouge, éblouissant, jaillit de ses canons, en direction de Robert dont le corps disparaît instantanément. Au bout de quelques secondes le drone s'élève dans les airs et disparaît au loin.

...

...

"Citoyen X6504041 éliminé. Je répète citoyen X6504041 éliminé. Mission terminée."

...

"Négatif. Poursuivez la mission."

...

"Objectif suivant ?"

...

"Opération kamikaze sur point d'intervention initial."

...

"Opération kamikaze ?"

...

"Affirmatif !"

...

"A vos ordres, mission acceptée."

...

Le drone H-333 fait demi-tour et se dirige vers le village de Sainte Fleur sur lequel il s'écrase bruyamment. Au milieu des décombres de Saint Fleur gisent désormais des dizaines d'uniformes ensanglantés.

Jacques sort du bois et s'avance prudemment vers le rocher où gisait il y a peu le corps de Robert. D'autres le suivent hébétés. Plus personne ne comprend ce qui se passe.

...

Un hologramme apparaît sur une plage privée paradisiaque on un gros bonhomme se gave de fruits exotiques entouré d'autres hologrammes à l'apparence féminine et à la plastique impeccable.

...

"Monsieur ? le citoyen X6504041 est éliminé. L'éradication des cas contacts continue. Cet ordre est-il toujours valable ?"

"Bien sur l'ami" répond le Grand Régisseur en éclatant d'un rire sonore

...

Un robot de surveillance apparaît au bout de la plage et semble venir à la hâte vers le Grand Régisseur. Il patine dans le sable, manque de se renverser mais réussit à se rattraper et accélère. Arrivé en face de l'homme, sa voix métallique demande :

"Citoyen X1 ?"

...

"Oui, mais appelez moi plutôt Grand Régisseur, je préfère", répond l'homme, en riant de nouveau.

...

Un rayon rouge, éblouissant, jaillit des yeux du robot en direction du Grand Régisseur qui disparaît instantanément.

Aussitôt, les barrières protectrices de toutes les bulles de la planète disparaissent. La brume rosâtre s'évapore dans l'atmosphère.

Quelque part, un ordinateur commence à détruire les programmes décisionnels de toutes les machines auxquelles il est relié. Aucun humain ne peut le stopper. Aucun n'a l'idée même d'essayer de l'arrêter.

Sur les bords du lac des vouivres, le peuple attend sans savoir quoi.

Georges s'apprête à prendre la parole, sans même savoir ce qu'il va dire mais une voix retentit semblant venir du ciel.

"Mes amis..."

Tous lèvent les yeux et aperçoivent une intense lumière blanche.

"Mes amis, vous m'avez écouté, vous m'avez suivi, vous m'avez cru. Après tout ce que nous avons découvert ensemble, je vous livre un dernier message. La mort n'est pas une fin. Ne la cherchez pas, ne la provoquez pas, elle vient quand elle doit venir. Maintenant allez, rentrez chez vous, reprenez possession de la terre et continuez de la gérer intelligemment, ensemble, et respectez toujours vos valeurs et non des lois ineptes."

La lumière s'atténue et disparaît lentement.

Jacques tombe à genoux et s'écrie :

"Merci Robert, gloire à Robert !"

Tout le peuple applaudit et crie de joie avant de partir, tous ensemble, vers l'ancienne bulle la plus proche où plus rien ne les empêche de rentrer.

Ils ont tant à découvrir.

Chapitre 11 : après la fin

Lydie est assise à l'endroit même ou son père a disparu. Elle pleure à chaudes larmes. Au-dessus d'elle, le ciel s'illumine d'une lumière blanche radieuse qui l'enveloppe doucement.

"Ne pleure pas ma fille. Je serai toujours avec toi."

"Papa ?" questionne-t'elle

"Oui, c'est moi. Je te demande pardon."

"Pardon pour quoi ?"

"Pardon pour ne pas t'avoir dit la vérité plus tôt. Pardon pour m'être plus occupé des autres que de toi. Pardon d'être parti. Pardon pour tous les câlins que tu n'as pas eus. Pardon d'avoir été ton père trop tard."

"Tu es un héro, papa. Je suis fière d'avoir un héro pour père."

"C'est dur d'être un héro, tu sais."

"J'imagine."

"Lorsque je t'ai exfiltrée, je ne savais pas encore que tu aurais cette particularité de devoir vivre dans l'eau. Je me suis promis de tout faire pour que tu retrouves une vie normale. C'est pour toi que j'ai fait tout ce que j'ai fait et ce sont d'autres qui en bénéficient au final. Je suis un peu déçu."

"Tu ne devrais pas. Je me suis habituée à cette solitude. J'y suis bien."

"Moi aussi. Tu vois ? On a des points communs. Mais je vais t'expliquer ce qui vient de se passer, car tu dois savoir.

Depuis que je t'ai exfiltré, je n'ai eu de cesse de mettre au point un plan pour que tout redevienne normal.

J'avais accès au fichier central. Celui qui regroupe tous les renseignements, essentiels ou accessoires, de chaque personne. Je me suis déclaré ami avec tous les gens importants de la nouvelle société, notamment avec X1, le Grand Régisseur. Je pensais que cela m'assurerai une forme de protection. Je n'aurais jamais imaginé qu'il chercherait à me tuer. Du coup, étant censé être mon ami, il s'est tué lui-même. C'est ballot.

En parallèle, j'avais bien pris la mesure du danger des ordinateurs et de l'intelligence artificielle. J'ai donc inséré, très tôt, un code dans l'ordinateur central lui imposant, en cas d'absence de supervision humaine, de détruire tous ses logiciels importants. Lorsque le Grand Régisseur est mort, l'ordinateur a déclenché son autodestruction.

Le monde est fragile. L'équilibre de la planète est précaire et l'Homme a tendance à le déstabiliser. Il pense qu'il en est maître alors qu'il n'en est qu'un pion. Cette recherche de pouvoir est ce qui le détruit.

Heureusement pour toi, tu es une femme. Vous êtes plus censées, plus sensibles. Les hommes détruisent et vous construisez. Vous avez le véritable pouvoir."

"Je n'ai pas besoin de pouvoir, moi, juste d'Amour."

"Oui, ma fille, comme beaucoup de femmes. Et mon Amour pour toi est désormais éternel".